作者／松浦
插畫／keepout

轉生後的我成了英雄爸爸和精靈媽媽的女兒 6

Kadokawa Fantastic Novels

彩頁、內文插圖／keepout

艾倫
主角，元素精靈。外表是小孩，內心是大人（自認為！）。

奧莉珍
艾倫的母親，精靈女王。天真開朗，身材火辣的超絕美人。

羅威爾
艾倫的父親，前英雄。溺愛妻子奧莉珍和女兒艾倫。

凡
風之精靈，敏特的兒子。和凱締結契約。

奧絲圖
好戰的精靈，也是靈牙的統領。凡的母親。

索沃爾・凡克萊福特
羅威爾的胞弟。公爵世家凡克萊福特家當家。騎士團團長。

拉菲莉亞・凡克萊福特
索沃爾和艾莉雅的獨生女。見習騎士。

凱
艾伯特的兒子。受命擔任艾倫的護衛。

亞克
奧莉珍的第一個孩子。掌管魔素循環的大精靈。

里希特
光之大精靈。樂於照顧人，艾倫都叫他「哥哥」。

雙女神
奧莉珍的姊姊，雙胞胎。分別是看透一切的女神沃爾，和斷罪女神華爾。

列本
掌管生命的大精靈。是個紅髮的美麗女性。

庫立侖
掌管治療的大精靈。是個銀髮的少年。

艾許特
智慧精靈。外表是一隻軟綿綿的小白兔。

賈迪爾・拉爾・汀巴爾
汀巴爾王國的王太子。個性認真，態度溫和。

休姆
凡克萊福特領的治療師。和精靈艾許特締結了契約。

人物介紹
character

序章

構成世界的力量根源，被稱作「魔素」。

魔素必須常態性流動。流動這個行為將會成為世界的能量，進而撐起整個世界。

若將魔素套用在人類身上，其實就好比血液，一旦循環停止，就代表死亡。

倘若流動停滯，淤積在一個地方，就會干涉在場所有存在，並逐漸產生扭曲。

如果淤積持續膨脹、擴大，只要一點點刺激，就會引發宛如氣球破裂的現象。

屆時動物們會受到魔素影響，產生變質，進而狂暴化，接著以迅雷不及掩耳的速度襲擊四周。這就是魔物風暴的真面目。

掌管魔素循環的亞克，是原始女王奧莉珍首次在這個世界上孕育出的大精靈。

他的容貌以及那頭白金的髮色，都與奧莉珍如出一轍。那樣的容貌，讓他們兩人與其說是母子，更像是年紀相仿的姊弟。

相較於奧莉珍那頭輕柔捲曲的頭髮，亞克卻是筆直的長髮。艾倫發現他的時候，他的頭髮已經長到足以碰觸地板。那副模樣顯示著他直到不久前，都還處在淒慘的狀況下。

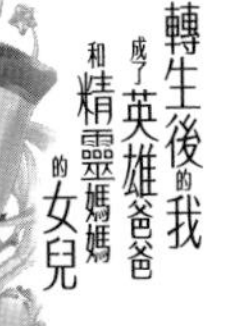

其實亞克被汀巴爾王國的貴族監禁，並奪取力量長達三百年之久。

後來他回到精靈城療養，身體恢復後，將那頭比身高還長的頭髮修剪至腰際，並插著一朵與奧莉珍一樣的紅玫瑰當裝飾。他的頭髮總是到處附著來路不明的樹葉，給人一種才剛從原野睡了一頓午覺才來的印象。

至於那朵玫瑰也很奇妙，不管怎麼拿、拿了多少次，還是會在不知不覺間從髮中生長出來。

亞克負責循環構成世界的魔素。明明是個必須持續使用力量的精靈，卻因為力量被人奪走，無法確實做好這件事。

全世界的魔素因此停止循環，造成類似血栓的現象。

亞克被監禁在汀巴爾王國時，被奪走的力量漏出，持續在周遭造成扭曲。這就是兩百年前和十幾年前發生的魔物風暴的真相。

經過三百年的光陰，亞克終於因為艾倫獲救，但他已經非常憔悴。

為了取回原本的力量，亞克借助其他精靈們的力量，暫時在精靈界療養，但世界魔素的狀態已經來到難以預料的地步。

為了循環世界的魔素，亞克恢復一定程度的力量後，便以精靈界為據點，巡迴世界各地，讓魔素得以循環。

＊

亞克的個性本來就比較穩重，加上或許是被監禁了三百年之久的後遺症，或是根本忘記怎麼說話，他說話偶爾會斷斷續續。

最近是已經慢慢改善，但那副模樣實在太讓人痛心，精靈們對他都有些過度保護。

其中，只有羅威爾將他視為眼中釘。理由是把他救出來的時候，他突然對艾倫求婚。

「亞克哥哥是我的哥哥！」

「哥哥？我是、哥哥？」

「沒錯！所以結婚會出局！」

「出、局？」

亞克一臉困惑，不解地歪著頭。他的表情彷彿在問：為什麼不行？

這般和亞克的互動不知道已經是第幾次了。亞克總會反覆叫著艾倫的名字，然後說「我們、結婚吧」。

今天也是，一碰面就被求婚了。

「我、不、結！」

「嗚～～……不行？」

「不、行！」

被艾倫拒絕後，亞克就像一隻在悲鳴的大型犬。艾倫每次都很辛苦地忍耐，小心別被他感化。

艾倫的回答都是千篇一律的「出局！」。而且已經說得非常斬釘截鐵。

她的理由是，儘管出生的方式不同，按照分類法則，亞克依舊是她的哥哥。而且考慮到力量的強度，算是親緣關係相當接近的兄妹。

艾倫擁有從人類轉生的記憶，在談論戀愛以前，兄妹結婚就已經是禁忌，所以想都不用想，便直接拒絕亞克的求婚。

「我不會讓艾倫嫁給你——！」

當羅威爾看見亞克和艾倫站在一起，立刻一臉震怒地跑來。

這也是老樣子。自從亞克向艾倫求婚後，羅威爾就一直警告亞克。

「不要看準我離開的空檔靠近艾倫！」

羅威爾把艾倫藏在自己的背後，發出彷彿野獸的吼聲，威嚇著亞克。

見自己的行動被羅威爾抓包，亞克滿臉愁容。每次和艾倫聊天，羅威爾總會過來拆散他們，因此他好像有點怕羅威爾。

這時候奧莉珍從羅威爾的背後探出頭來。她和艾倫等人四目相交，笑著揮手。

艾倫看著羅威爾和亞克互動的模樣，嘆了一口氣。至於奧莉珍，則是開心地看著所有人，嘴裡「哎呀哎呀」地說著。這就是他們的日常景象。

不過今天事情的進展卻有些不同。

「對了，在精靈之間，沒有什麼兄妹不能結婚這種事喲。我反倒想問為什麼不行？」

看來這場爭論她是從頭聽到尾。見奧莉珍如此質樸的疑問，艾倫和羅威爾雙雙大叫。

「什麼！」

「什麼——！居然沒有這種事嗎！」

「對啊，沒有這種事喲。人類有嗎？」

他們的臉龐都因為驚愕扭曲。但奧莉珍看了他們驚訝的模樣，卻也不慌不亂。

其實人類也是奧莉珍創造出來的物種。所以她更不懂為什麼只有人類是這個樣子。

「近親交配容易讓隱性基因表現出來……呃，這要怎麼解釋啊……」

如果解釋人類的倫理觀念，精靈會接受嗎？艾倫極為苦惱地呻吟著。

當艾倫喃喃唸著豆子云云，苦思該怎麼解釋的時候，站在一旁的羅威爾在嘆息之中開口說：

「不行就是不行。」

「我就是在問為什麼不行呀？」

奧莉珍歪著頭問道，一旁的亞克也跟著歪頭。

這兩個貌似二十幾歲的年輕人做出相同的舉動，看起來不像母子，倒像姊弟。

「以前的人的確會積極這麼做，可是問題卻層出不窮。有記錄顯示，他們不是難以生子，就是生了也容易生病以致短命。基於這種理由，才規定親疏要在表堂親以上。艾倫的確

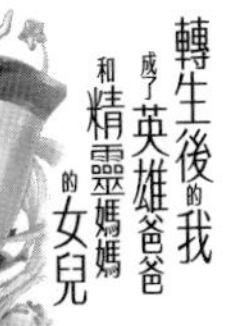

是精靈，但也是我的孩子，所以一樣是人類對吧？」

「哎呀，原來人類是這樣呀？」

聽到這裡，艾倫還有些心驚膽顫，以為奧莉珍會脫口說出「某件事實」。

其實這件事實隱藏在精靈與人類的婚姻背面，只有羅威爾一個人不知情。

羅威爾原本是人類，奧莉珍將他從死亡深淵中拉回，以半精靈化的模樣延續生命。

羅威爾以為自己是因為半精靈化了，所以才能待在精靈界，其實是奧莉珍以人類的身體為藍本，將之替換成精靈的素體，再把羅威爾的靈魂放入其中。所以如今的羅威爾是個特殊的精靈。

與其說羅威爾是半精靈，不如說只有靈魂是人類，其他部分幾乎都是精靈比較準確。

正因為奧莉珍隱瞞了這件事實，羅威爾和她之間才會生出艾倫，但是羅威爾並不知道這件事。

當初奧莉珍害怕失去羅威爾，才會擅自對羅威爾施術。從她到現在都還沒公開這件事看來，其中或許有什麼不能說的理由，所以艾倫也選擇保持沉默。

而艾倫自己則是擁有轉生前身為人類的記憶。換句話說，她和羅威爾一樣，只有靈魂是人類。

以前奧莉珍曾對艾倫說過。精靈和人類之間不會有孩子。

要是這件事曝光，亞克他們就會察覺艾倫和羅威爾是一樣的。

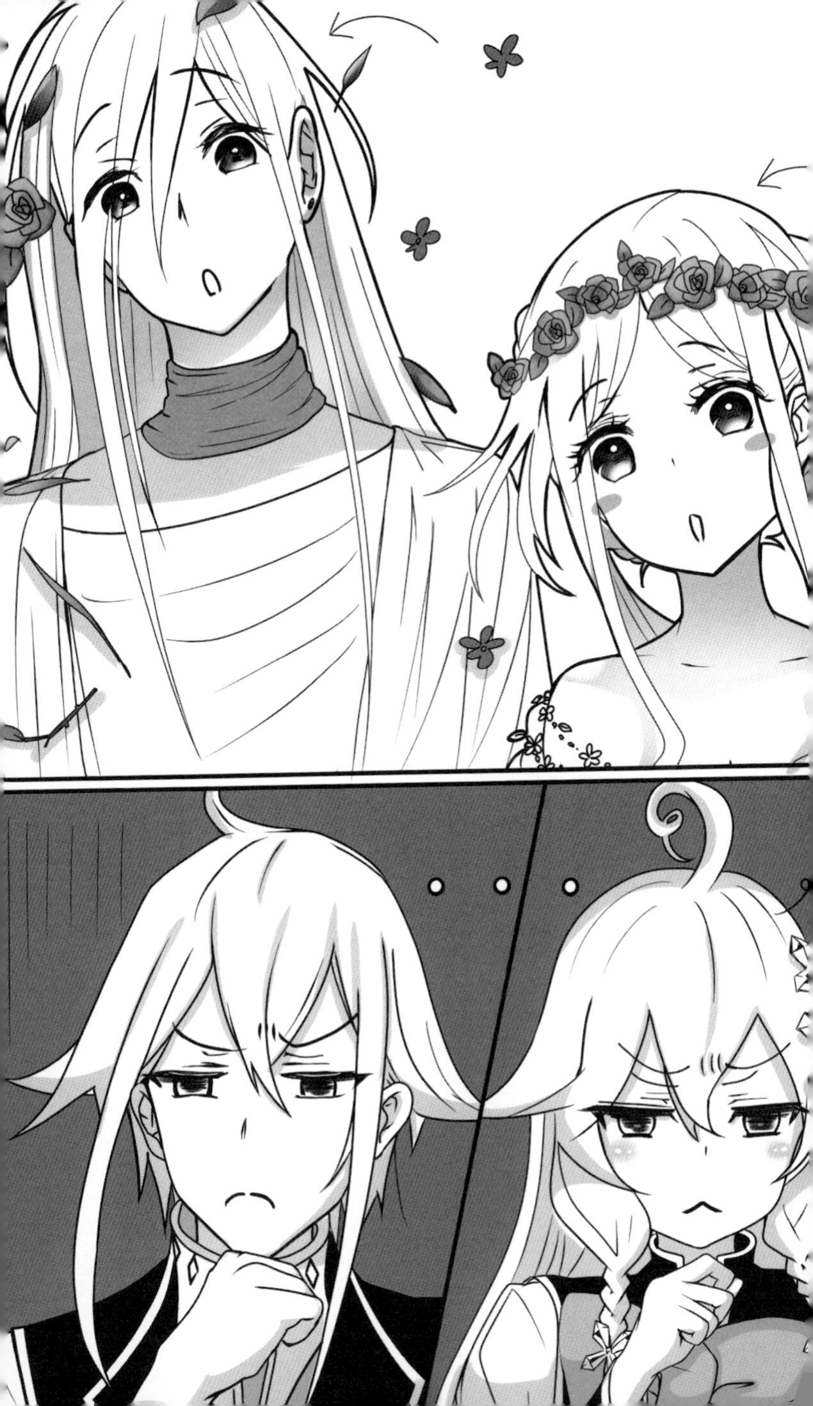

這麼一來，如同羅威爾和奧莉珍擁有生出艾倫這一個先例，他們便會知道艾倫和亞克其實可以結婚。

因為擁有轉生前的倫理觀念，艾倫完全無法接納兄妹結婚。為了避免事態成真，她才會隱瞞事實，選擇站在羅威爾這邊，堅決反對。

「就是說嘛。因為不知道會發生什麼事，所以出局！」

「他們這麼說耶。真可惜。」

奧莉珍嘻嘻笑著對亞克這麼說，亞克失落地垂落雙肩。

「可是、我不會、放棄。」

但他馬上又抬起頭來，揚言自己不會放棄，羅威爾和艾倫看了，整張臉都震驚到扭曲。

因為他們兩人的表情實在過於相似，奧莉珍笑開懷，說他們果然是父女。

*

例行的吵鬧結束後，羅威爾和艾倫表示要到凡克萊福特家協商事情，就這麼前往人界。

凡克萊福特領為了展開新事業，簽訂了一個新契約，最近尤其忙碌。和奧莉珍一同目送他們兩人離開的亞克垂落肩膀，不禁覺得好失落。

一旁的奧莉珍見狀，笑著說：「感覺好似曾相識。」

以前凡學會人化之前，也總是被留在這裡，亞克失落的模樣就跟凡一模一樣。亞克大概也希望艾倫能搭理他吧。

「艾倫他們出去了，你也要去循環嗎？」

「要。」

亞克有亞克該履行的職責。他雖然希望艾倫搭理他，卻也很清楚自己的使命。

三百年，他離開了多久，全世界就有多少魔素扭曲。其中也有即將成為魔物風暴的能量，所以儘管他覺得可惜，還是切換了自己的心情，表示他會去處理。

「這樣啊。你可不能太勉強喲。」

「我、不要緊。」

亞克最近都會直接巡迴世界，好讓魔素循環。

其實原本只要待在精靈城中，就能進行操作，但亞克的力量還沒完全恢復，所以無力影響嚴重扭曲的地方。

親臨現場雖然很麻煩，卻有那個價值。因為世界的狀態已經慢慢獲得改善。

亞克的狀態也逐漸在恢復，不用多久，他就能待在精靈界管理世界的魔素了。

「今天也要帶著里希特去喲。」

「嗚嗚……里希特、很煩。」

「哎呀，真難得你會說這種話。怎麼了嗎？」

里希特是掌管光的大精靈，對於亞克來說，等同歲數相差甚遠的弟弟。他有著一頭短短的金髮和清澈的藍眼，給人像晴天那樣爽朗的印象。

里希特身為兄長，很疼艾倫，艾倫小時候很喜歡他，還會叫他「葛格」。

現在是統一用「哥哥」稱呼他們兩人，但亞克不時會央求艾倫叫他「葛格」。

里希特雖用「大哥」稱呼亞克，並景仰著他，亞克卻沒什麼親兄弟的概念，不太懂這方面的感覺。

況且他也用「女神」稱呼奧莉珍這位母親，所以亞克實在不清楚「妹妹」是什麼樣的存在。

剛被救出來的那陣子，包含里希特的所有精靈們都對他很好，這點亞克很高興，可是自從他為了管理魔素，和里希特一同前往人界之後，開心的感覺就慢慢變質了。

大概是因為他的力量還沒恢復，亞克工作完畢覺得疲累時，總習慣隨地躺下睡覺。

三百年前就是因為這樣，才會被人類抓住，他卻一直不改這個陋習。

里希特見了，自然是慌慌張張跑來叫醒亞克，想把他帶回精靈界，但秉著休息順便小睡一下的亞克卻已經熟睡。

要是繼續讓亞克單獨前往人界，實在太令人擔心了，所以里希特開始與他同行。但亞克還是大剌剌地睡在人界草原正中央，常因此與里希特起衝突。

「里希特也是擔心你呀。」

「嗯……」

亞克鬧彆扭的模樣像極了孩子。但其實他的外表是個已經成年的青年，以年齡來說，則是僅次於奧莉珍的元老，算是有一定的年紀。

正當奧莉珍感嘆這孩子真讓人傷腦筋時，剛才談論到的里希特的聲音正好從背後傳來。

「大哥，原來你在這裡。我找你找了很久喔。」

「嗚……」

掌管光的里希特也有著和奧莉珍一樣的面容。

相較於長髮、看起來總是很睏的亞克，里希特是一頭短髮，看起來開朗，說話條理分明，其他屬性的精靈也很喜歡他。

他面對艾倫也是一副會照顧人的好哥哥模樣，在幼小的精靈們之間同樣吃得很開。

但對亞克而言，里希特這個很會照顧人的特點，反而是個負擔。

「大哥，你又想丟下我走掉對吧？」

「嗚嗚……才沒有、這回事……大概吧。」

「大概是什麼意思？」

或許是因為真的有想把里希特丟下的想法，亞克心生愧疚，迅速躲在奧莉珍背後。

但亞克的身高很高，嬌小的奧莉珍從他肩膀以上就完全擋不住了。

「受不了，都老大不小了，請不要躲在媽身後。快走吧。你今天要去哪裡？」

「嗚嗚嗚～～」

「媽，我們走了！」

「好～路上小心喲。」

奧莉珍揮著手，目送他們兩人。里希特拖著亞克，兩人一起進行轉移消失後，原本熱鬧的場所一下子變得靜謐。

奧莉珍被獨自留在原地，如果是平常，她一定會馬上用水鏡偷看大家的情況，今天卻不知道為什麼，沒有那種興致。

「……總覺得有點寂寞。」

奧莉珍也不太清楚自己的狀態，不解地歪頭。

她像往常一樣，轉移到水鏡之間，但就是提不起勁看眼前的水鏡。

是今天狀況不太好嗎？奧莉珍覺得心情有些鬱悶，於是回到自己的房間，整個人靠在奢華的沙發扶手，慵懶地嘆了口氣。

羅威爾和艾倫今天也神采奕奕地前往凡克萊福特家幫忙事業。

亞克要調節世界的魔素很忙。其他精靈們也有各自要忙的事。

「只有我會一直待在這裡啊……」

這是一句不假思索就脫口而出的話語。

這是女神的宿命。從前明明視為理所當然，今天卻總覺得內心像是開了個洞。

自從和羅威爾締結契約那天起，儘管發生了許多事件，每天卻過得非常開心。

當她把不久之前的事拿出來比較，不知道為什麼，顯得越來越悲傷。

奧莉珍不是那種會想太多的人。因此她不明白為何現在會有這種心情，也搞不懂自己的狀態。

（反正只要睡一覺，羅威爾他們很快就會回來了。）

如此一來，快樂的時光馬上就會到來。奧莉珍抱著這種心情，閉上了雙眼。

第四十一話　不明巨樹

亞克和里希特轉移抵達的場所，是個不知位在何處的山林深處的正上方。

他們兩人漂浮在空中，一邊看著周遭，一邊確認魔素有無異常。

山稜平緩的山景映入眼簾，整座山都被綠意覆蓋，不見一絲裸露，還可隱約看見越過山頭後，就會是一片大海。

里希特整個早上都在尋找亞克，所以現在太陽已經爬到頭頂。不過應該不會花太多時間。

人界的天氣很幸運是晴天。這裡的氣候也宜人，不冷也不熱，非常舒適。

整塊土地祥和得完全不像魔素已經失控。

里希特看著腳下，心想這裡一定適合人居，沒想到從山麓一帶開始，就完全沒有人類建造的房子。這讓他有些困惑。

「看起來是個祥和的地方啊……這裡真的有扭曲的魔素嗎？」

亞克點頭回應里希特的話。

「嗯……仔細一看，森林的確很茂密。」

魔素確實需要常態性循環，但麻煩的是，最好要維持著一定的濃度。

如果濃度過低，大地就會引發類似貧血的症狀。水源乾涸，地表乾裂，一旦土地長不出植物，動物和人也住不下去。

要是濃度過高，就會變成營養過剩，發展出他們兩人腳下這樣的蓊鬱森林。但如果濃度再提高，動物們的身體便會扭曲變質，甚至連思考都會被掠奪，然後狂暴化。

這種因為動物們發狂引起的災厄，就叫做魔物風暴。

代表豐饒的奧莉珍一旦長時間降臨人界，就會影響周遭，讓土地化為一片森林，也是因為奧莉珍身上籠罩著高濃度的魔素。

不過，就算這裡植物生長顯著，里希特依舊不認為亞克有必要親自來此。

不知道是不是里希特的這個疑問傳達給亞克了，他喃喃說道：

「很、奇怪。」

亞克從剛才開始，就歪著頭，一臉不解。

「大哥，有什麼好奇怪的？」

「解、不開。」

「解不開？」

「像這樣……纏在一、起？解、不開。」

亞克比手畫腳，試著解釋，但他只是雙手不斷繞著圈圈，比得很笨拙。

里希特皺著眉頭，頭上也浮現一道問號。

亞克的意思是，以他目前的力量解不開嗎？可是這陣子只要亞克靠近絕大多數的魔素淤積之地，扭曲的魔素就會獲得解放，並開始循環。

亞克的力量已經逐漸恢復到原本的狀態。雖說還不完全，卻已經遠比大多數大精靈還要強悍。如果這樣還力有未逮，那究竟是怎麼一回事？

里希特重新詢問亞克，亞克依舊表示就算靠近，還是無法循環魔素。面對這令人難以置信的事態，里希特也難掩困惑之情。

「難道是有人干涉魔素，妨礙到你作業了嗎？」

事實上，里希特就聽說亞克被學院抓住，力量也被奪走的時候，在人類創造的魔法陣的影響之下，魔素變質，讓亞克無法恢復原本的力量。

若是如此，這個地方很可能也有類似的東西。

「如果只是魔素扭曲，憑大哥的力量應該很容易就能解決。如果連你都沒辦法，代表有其他的原因。要繼續在附近確認一下嗎？」

「就、這麼辦。」

亞克點了點頭。里希特就這麼跟著亞克指的方向前進。

*

里希特順著亞克的引導，在一棵無比巨大的樹木前降落。

只有這棵樹異樣地比周遭的個體還要大。而且長得歪七扭八，樹根也露出地表，纏繞在周遭樹木上。這幅光景就跟亞克剛才不斷在手臂上繞來繞去的模樣如出一轍。

「我第一次看到樹長成這個樣子……」

里希特落到樹根處，目瞪口呆地仰望。像這樣近距離端詳，更會被樹木巨大的程度吸引住目光。粗略目測，樹幹的直徑應該有十幾公尺。

儘管他在魔素濃度高的精靈界，已經習慣看見巨木，卻沒見過人界有這麼巨大的樹木。再仔細觀察，就會發現這是由周遭的樹木像樹藤一樣互相纏繞，結果形成的一棵巨大樹木。扭曲而成的異樣樹木聚合體——這也是魔素的影響嗎？

「嗯～……」

亞克站在里希特身旁，一臉嚴肅地看著眼前的樹木，再度不解地歪頭。

他接著在周遭的樹木間飛翔打轉。不時會將手放在樹幹上，似乎在確認什麼。

「大哥，怎麼了嗎？」

「恢復、原樣。」

「原樣？」

里希特反問後，亞克又開始比手畫腳解釋。

「我把……纏在一起的、解開。」

「呃……你是說，你想在循環之前，把纏在一起的魔素解開吧。」

「可是、馬上又恢復了。」

「咦？」

受到亞克的力量作用後，卻又恢復原樣是怎麼一回事？

「是魔素受到某種東西干涉，結果又恢復原狀了嗎？」

「嗯～？」

亞克單手抵著下巴，只是歪著頭。

里希特再次看向巨木。他看著歪七扭八的樹半晌，接著想到——會不會是這棵巨木為了守護某種東西，才讓周遭的樹木纏上來呢？

里希特這麼告訴亞克後，不知道亞克是不是聽不懂，只是愣在原地。

「假設樹木中心有什麼東西，有沒有可能是某個人因此操縱樹木，保護那樣東西呢？要造出這麼龐大的巨木，想必需要一定程度的力量吧。」

「或許、吧。」

聽了里希特話，亞克似乎釋懷了一部分。他一瞬間露出驚訝的神情，下一秒卻又舒坦地笑了。

「的確、纏、在一起。」

「既然大哥你解不開……要我用電影把周圍的樹燒光看看嗎？」

里希特能操縱光，所以能夠將形成光的熱能集中為棒狀，然後就像劍一樣把東西切開。

艾倫看到那東西，曾經目瞪口呆地說：「是電影裡的東西……」

儘管里希特請求艾倫解釋什麼是「電影」，艾倫卻始終打馬虎眼。

不過里希特很中意艾倫說的「電影」這個發音，因此也沒問過艾倫，就直接用來當魔法的名稱了。

「電影？」

里希特就像要回答亞克的疑問，在手上變出電影，接著面對樹木。

「是艾倫幫忙命名的。用這個燒光樹木看看怎麼樣？」

雖然艾倫壓根沒有幫忙命名的意思，看里希特那副炫耀的模樣，亞克卻很不是滋味。

「艾倫、命名、狡猾。」

「是大哥你不好，誰教你要隨便睡在地上被人類抓走。艾倫出生的時候，整個精靈界在慶祝新女神的誕生，你不在場真是可惜。」

「唔唔！」

亞克受到里希特言語挑撥，不禁怒從中來。

當里希特輕佻地耍著嘴皮子，他拿在手裡的電影竟做出無視術者意志的動作。

「什……？」

電影突然迸出強光。里希特自認把劍做得很短小，沒想到卻受到周遭魔素的影響，漲大了將近五倍。

「哇哇哇！」

周遭禁不起龐大的光熱，開始冒火。火勢延燒到藤蔓的葉子上，一下子就蔓延開來。

這裡雖是森林深處，卻因為魔素濃度比正常值還要高，火勢蔓延的速度也隨之加快。再這麼下去，這一帶將會變成山林大火。

「糟了！」

里希特以為自己已經克制力道了，卻因為周遭過於祥和，最後還是大意了。

亞克愣愣地看著慌張的里希特，同時緩緩策動右手。

火焰的燃料是魔素，當亞克讓魔素濃度開始循環、流動，便輕輕鬆鬆停止延燒，順利滅火了。

據艾倫所說，火焰燃燒有三個要素。燃料、空氣（氧）、熱能。

里希特雖然知道只要排除任何一種要素，就能順利滅火，一旦真的遇上，卻因為慌亂而拋諸腦後了。

亞克掌管做為燃料的魔素的循環，大概是自然而然理解這個道理的吧。

里希特見火勢逐漸被撲滅，全身的力量就像被抽光那樣無力，吐出重重的嘆息。

「大哥，謝謝你。我差點就被媽罵了……」

奧莉珍管理著整個世界，她不喜歡不當的自然破壞。每當精靈作亂，將四周夷為平地，她都會嘟著嘴罵：「怎麼能這樣～～！」

但奧莉珍自己也常和羅威爾鬥嘴，結果將四周夷為平地。苗頭不對就忘得一乾二淨，這樣根本沒有說服力。

被里希特感謝似乎讓亞克喜上眉梢，當里希特偷偷望向他，他正一臉得意著。

「你還、差得遠呢。」

明明剛才還在生氣，現在卻已經忘記有那回事，不可一世地拋出挑釁的話語。下一秒就忘得一乾二淨這點，倒是跟奧莉珍很像，里希特只能苦笑。

之後，亞克調節著周遭的魔素，好讓里希特砍倒樹木。結果他們發現樹木中心是個球形的空洞。

「好像有東西……？」

空洞中心有個縱長型的東西，被樹藤和青苔縝密地包著。上頭蓋滿了綠意，看不出是什麼東西。

亞克和里希特面面相覷。雙方都毫無頭緒，因此也無言以對。

光線幾乎無法射進裡頭，所以看不太清楚。為了靠近端詳，他們把臉湊近已經裂開的樹木之間。

裡頭需要光源，於是里希特單手創造出光，照亮樹木內部。

內部比想像中還要寬闊。大到可以輕鬆容納十幾個大人。

「這個是……石頭嗎？」

內部的中央坐鎮著某種東西。乍看之下就只是一塊布滿青苔和樹藤的東西，可是卻莫名工整。

形狀均等，大概是長方形的石頭。高度是成年男性的平均身高的兩倍。簡直就像個紀念碑。

看起來是出自人類之手。人類總會想在上頭提字，里希特抱著想看看上頭寫著什麼的想法，扯斷手邊的樹藤，但青苔頑強地附著在上頭，樹藤也層層纏繞，根本看不見。

「這個也要燒掉、砍斷來看看嗎？」

亞克點頭同意里希特的提議。但當里希特準備再次弄出電影時，周遭的樹木突然發出鳴動。

「什麼……！」

亞克和里希特急忙後退，不斷遠離巨木，嘎吱聲響越來越大聲，連地面都開始搖晃。

他們兩人慌慌張張地飛離空洞，往天空逃竄。本來以為是地震，沒想到周圍的樹木竟然硬是往剛才裂開的巨木擠過去。他們兩人只能愣在原地，靜觀事情的發展。

巨木利用周遭的樹木，不斷扭曲覆蓋，逐漸修復了裂開的地方。里希特看著厚度不斷增加的巨木，不禁呢喃：

「……它用周圍的樹木進行修復？」

眼前的光景看起來就像有人想刻意藏起樹中的石頭。

當他們回過神來，發現巨木已經恢復原狀。甚至變得更加巨大了。

扭曲的魔素不會擁有自我意識。亞克和里希特親眼見到這前所未見的景象，都因為太過驚訝，有好一段時間沉默不語。

「看來不斬斷根本原因，不管幾次都會恢復原狀。」

「嗯嗯嗯……」

亞克皺著眉頭，本來還想去除周遭的魔素，卻什麼事都沒發生。

里希特詢問結果如何後，亞克也只是盯著自己的手，小聲地說：

「被、彈開了。」

「什麼！」

「力量、不管用。」

當亞克補了一句「傷腦筋」，里希特也驚訝地瞪大了雙眼。

「……真的是傷腦筋了。」

里希特也只能同意亞克的說法。兩人就這麼看著眼前歪七扭八的樹木。

過了不久，里希特發現從扶疏的枝葉間射下來的光已經慢慢減少，不禁催促亞克：「我們先回去吧。」

要是不在日落前回去，擔心的精靈們可能會透過水鏡蜂擁而至。

「大哥的力量居然不管用，實在太異常了。我們去跟媽商量吧。」

聽聞里希特的提議，亞克也點頭同意。接著他們雙雙轉移，回到精靈界。

*

日落之後，轉暗的森林中完全沒了光線，祥和的光景就這麼消失在黑暗之中。

那個地方的異狀一直到變暗後才顯著地表現出來。雖然是一塊綠意盎然的土地，卻聽不見蟲或動物的聲響，甚至完全沒有牠們的氣息。

那棵歪七扭八的巨木就這麼佇立在連月光都照不到的森林深處的黑暗中。

當月亮被白雲遮住的瞬間，巨木中心發出一道微弱的藍白色光暈。

第四十二話　雙女神的建言

羅威爾和艾倫完成在凡克萊福特的工作後，轉移到精靈城的水鏡之間，卻不知道為什麼，停在入口的門前。

「奇怪？」

「說不定奧莉正在工作。」

艾倫一臉困惑，羅威爾卻馬上察覺可能性，如此告訴艾倫。

當奧莉珍在水鏡之間進行女神的工作時，偶爾會像這樣被彈出來。

平常奧莉珍會透過水鏡守護艾倫他們，所以總會恰到好處地結束工作，像這樣的情形非常罕見。艾倫於是回答羅威爾：「或許今天很忙吧。」

亞克和里希特正好也在水鏡之間的入口，他們發現艾倫，出聲呼喚。

「艾倫，羅威爾哥哥，你們剛回來嗎？」

「艾倫、歡迎、回來！」

「里希特哥哥，亞克哥哥，我們回來了！」

艾倫從羅威爾的胳膊往下跳，飛撲到里希特身上，並抱緊他。里希特也張開雙手迎接艾

倫。

一旁的亞克也模仿里希特，張開雙臂，笑著等待艾倫到來。艾倫原本也要撲進他的懷裡，羅威爾卻從背後將艾倫抱起。

「爸爸？」

「這傢伙不行。」

面對羅威爾如此無情，亞克很是不悅。原本張開要擁抱艾倫的手就這麼無所適從地上下擺動。那似乎是他表現不悅的方式。

「唔唔唔！」

「羅威爾哥哥，你再這麼把艾倫拉走，大哥他會哭的。請你至少允許他們擁抱吧。」

里希特一邊苦笑，一邊勸說。羅威爾見一旁氣得跳腳的亞克慢慢開始哭喪著一張臉，露出厭煩的表情。

「真是個麻煩的傢伙。」

羅威爾皺起眉頭，毫不留情地吐出毒辣的評價。這時艾倫利用轉移，逃離羅威爾的掌控，站在亞克面前，像萬歲那樣舉起雙手。

「艾、倫！」

「亞克哥哥，來抱抱。」

亞克泫然欲泣的臉龐頓時豁然開朗，燦爛地笑了。亞克抱住艾倫後，幸福的感受隨之湧

現，看起來非常開心。

慘遭艾倫使用轉移逃脫，羅威爾心中的打擊表露無遺。艾倫出生後沒多久，也因為受不了羅威爾的擁抱，用了轉移逃走。看來這件事依舊是他心中的陰影。

羅威爾失落地蹲在地上，用手指畫著圈圈。亞克卻在一旁，忘我地磨蹭著艾倫。

「唔咕！」

亞克的臉頰不斷磨蹭著艾倫的頭頂，里希特見狀，伸出大掌制止，並將他整個人拉開。

「大哥，到此為止吧。艾倫被你壓得喘不過氣來了。」

里希特的力道大到幾乎可以聽到骨頭發出啪嘰聲響，他就這麼拉開亞克。儘管亞克還是意猶未盡地對著艾倫伸出手，卻也被里希特無情地拍落。

「好了好了，不行了。」

「嗚嗚～～」

見艾倫被沒收，亞克遺憾地搓揉自己被打的手。他的手已經紅了，看來意外地很痛。

脫離苦海的艾倫大大地吐出一口氣。

（得救歸得救，里希特哥哥還真是不留情……）

里希特救出艾倫後，彷彿把她當成一隻小貓，直接交給羅威爾。

艾倫以為接下來換成羅威爾要磨蹭她，結果又轉移逃走了。

「逃走太過分了，艾倫～～！」

羅威爾哭喪著臉追逐艾倫，艾倫只好一臉厭棄地面對羅威爾。

里希特見狀，笑得雙肩都在抖動。這時亞克心有不服地對里希特開口：

「里希特、搶走艾倫、過分。」

「我倒覺得大哥你不節制力道抱艾倫，讓她那麼痛苦才過分。」

「嗚！過分……？艾倫、痛苦嗎……？」

亞克化為一隻沮喪的大型犬，使得艾倫「嗚」了一聲，實在拿他沒轍。

「是很痛苦，可是里希特哥哥馬上就發現了，所以我不要緊。下次抱抱的時候，請你手下留情喔。」

「原來、很痛苦啊……對不起、喔……」

「沒關係，我已經沒事了。」

「我不許你再擁抱艾倫了。」

「順勢混進來的羅威爾哥哥也挺過分的。」

「爸爸暫時不准抱我。」

「為什麼啊——！」

艾倫的毒辣擊垮了羅威爾。

「艾倫進入叛逆期了啦啊啊！」

羅威爾哭鬧的聲音實在太大，艾倫忍不住摀起耳朵。

「艾倫對羅威爾哥哥真是嚴厲。」

「因為就算我不要，爸爸也不會罷手，不這麼嚴厲就對他沒用啦。」

生氣的艾倫鼓起整個腮幫子，里希特一邊戳著她的臉頰，一邊像是想起了什麼，說了聲：「對了。」

「聽說妳當初學會轉移，是為了逃離羅威爾哥哥？媽那一陣子常提起這件事，而且笑個不停喔。」

「媽媽……」

雖然艾倫曾聽奧莉珍提過，說她小時太想逃離煩人的羅威爾，才會進行轉移，她自己卻沒什麼印象。

不過她記得轉移之後的事。因為當時她原本不知道發生了什麼事，腦袋一片混亂，之後大家說她轉移了，她才眼睛為之一亮，開始練習魔法。

「經你這麼一說，轉移的確是我第一個使用的魔法。」

「沒幾個精靈是先學會轉移的喔。」

里希特苦笑。轉移是所有精靈往來精靈界與人界的移動手段，但只待在人界的弱小精靈，大多數其實都不會使用。

而連著人類一起搬運的這種大型轉移，則是只有力量強大的精靈才會使用。而且照理來說，每個精靈剛開始都是先學會自己掌管的領域的魔法。

或許是因為艾倫擁有身為女神的素質，一生下來就有強大的力量，才會先學會轉移。

儘管親眼所見的奧莉珍對此感到驚訝，學會的過程卻令她捧腹大笑。

之後艾倫知道原來自己也能用魔法，立刻埋頭苦練。

她轉生前任職於研究室，但誰又能料想得到，不知道是什麼因緣際會，她竟然轉生成掌管元素的精靈了呢？

「為了從爸爸身邊逃走，我可是埋頭練習！」

「啊哈哈哈哈！」

艾倫回想起第一次使用魔法時的感動，以懷念的口吻感觸良多地說著，卻引來里希特一陣大笑。

「妳果然是為了躲我嗎！」

當這件不想承認的事實被塞到眼前，羅威爾整個人刷白，已經燃燒殆盡。只差靈魂沒從嘴裡飛出來了。

（好像也有一部分是因為轉生到精靈界的城堡，我想說只要學會漂浮，就能自由探索了吧。）

艾倫想學魔法的動機原本就不單純。

「我都有看到喔，每當妳逃走，羅威爾哥哥都會哭天搶地。」

以轉移這件事來說，纏人的羅威爾正好是個絕佳的練習對象。當里希特帶著懷念的心情

瞇起眼睛，被刺激到過往創傷的羅威爾卻大叫：

「艾倫，妳為什麼要躲我！」

「請爸爸你學會什麼是節制。還有，你也該學會讓孩子獨立了。」

「不要！」

「居然秒答……」

羅威爾邊哭邊用盡全力否決傻眼的艾倫。里希特笑著，亞克則是一臉羨慕，現場非常熱鬧。

這時候，艾倫終於發現有什麼不對勁。平常總會果斷丟下工作出現的人，今天卻遲遲沒有現身。

「對了，媽媽她還在工作嗎？」

「她正在跟雙女神說話喔。應該還會花上一點時間。」

「呃……」

聽完里希特的回答，羅威爾發出一道打從心底厭惡的聲音。

雙女神是奧莉珍的一對雙胞胎姊姊。分別是洞悉一切的沃爾，和定罪的華爾。算是艾倫的兩個阿姨，但她們從未見過面。

「雙女神來到精靈城了嗎？」

「不是喔。雙女神位在跟這個世界不一樣的地方管理著世界，所以如果沒什麼事，不會來到這裡。媽一直是透過水鏡聯絡雙女神，不過雙女神要是和其他精靈見面……會引起一些問題，所以媽在談話中，都不會讓人進去。」

既然據點位在不一樣的世界，或許有什麼不能輕易前來精靈城的理由吧。

話說回來，防備森嚴到在水鏡之間設下結界，到底會談些什麼呢？

如果對談內容是不能被其他精靈聽見的事情，那還可以理解，但「一些問題」究竟是什麼意思？艾倫忍不住發問：

「一些問題是什麼問題？」

「啊～……該怎麼說呢……」

里希特的目光開始游移，感覺很難以啟齒。

「那兩個傢伙是很荒唐的墮落女神，也是問題兒童。怎能讓艾倫見到她們！」

聽完羅威爾的主張，艾倫不禁瞪大眼睛。聽起來對方像是失職與女神的融合體。但怎麼能這麼數落洞悉一切的女神們呢——當艾倫因畏懼顫抖時，隨著奧莉珍轉移現身，她也瞬間明白這件事已經快速傳入女神耳裡。

「討厭啦～羅威爾真是的，我們全都聽到嘍。姊姊她們氣得直跳腳呢！」

奧莉珍滿臉無奈地斥責羅威爾：「不乖！」

「媽媽，我回來了！」

「回來啦，艾倫。工作都順利嗎？」

「順利！」

艾倫精神百倍地問候，奧莉珍也摸了摸艾倫的頭，說聲：「辛苦了。」

「我回來了，奧莉。我的女神只有妳一個人，我才不管其他女神怎麼樣呢。」

「受不了，真拿你沒辦法。可是艾倫也會成為女神耶？」

「艾倫另當別論！她是我的公主殿下耶。所以我得把她隔離起來，免得被那幫傢伙帶壞！」

「哎呀哎呀，你也真是的。這種過度保護真是沉重～」

奧莉珍翩翩漂浮在空中，同時用自己的食指點了點羅威爾的鼻頭。

羅威爾也牽起那隻手，抱過奧莉珍落下一吻。他的動作就像在跳舞一樣，過程非常優雅。

「爸爸，你敷衍我。」

艾倫直盯著羅威爾，她的這句話讓羅威爾嚇得縮起了肩頭。

「不過呢，艾倫，當妳真的碰上雙女神，我覺得妳多少也會明白羅威爾哥哥的心情喔……」

里希特若有所思地輕聲替羅威爾說話。或許他以前也和雙女神發生過什麼事。

（她們到底有多荒唐啊……？）

對艾倫來說，身邊的女神就只有奧莉珍一個人。以她的角度來看，也覺得奧莉珍已經很自由奔放、誠實表露情感了，難道雙女神會比她更誇張嗎？

「艾倫，這麼說起來，妳們沒見過面吧？要順便跟姊姊們聊幾句嗎？」

在眾人你一言我一語地說著墮落女神啦，問題兒童啦，正熱絡時，奧莉珍笑著這麼問。

「不行不行！怎麼能讓艾倫跟她們見面！」

「媽，不行啦！艾倫會被當成玩具耍著玩！」

看羅威爾和里希特如此拚命阻止奧莉珍，艾倫不禁傻眼。

（她們是需要這麼防備的人嗎？）

當艾倫感到有些退卻時，完全置身事外的亞克喃喃說了聲：「對了、女神。」

「亞克你應該很久沒見到她們了吧，要見個面嗎？」

「要。」

「大哥！」

亞克不管慌張的里希特，無所畏懼地跟著奧莉珍進入水鏡之間。

艾倫見里希特一臉慘白，心中對雙女神的恐懼又上升了。

「呵，他是回不來了。」

「有這麼嚴重嗎！」

雙女神到底是什麼樣的人？現在謎團越來越深了。

「大哥很得雙女神的歡心，應該是沒問題啦……」

對雙女神來說，亞克是她們的第一個外甥，想必對他疼愛有加。但聽完大家說的話後，艾倫依舊覺得亞克會被當成玩具耍著玩。

見里希特神色慌張，艾倫也開始擔心亞克了。

「那小子完蛋了啦。」

羅威爾卻開心地說笑，不禁讓艾倫傻眼。羅威爾這樣的反應，反而讓艾倫在意得不得了。

「跟雙女神見面到底會發生什麼事啊？」

只有自己不知道雙女神的真面目，實在不是滋味。艾倫還是想要事先知情，以便做好心理準備。

被蒙在鼓裡的疏離感，讓艾倫感到有些落寞，但她還是再度詢問，沒想到里希特卻閃爍其詞。

「我不知道妳會偏向哪一種，所以不太能告訴妳啦。要是妳有興趣了，我會很傷腦筋。」

「你們就是有反應，才會越演越烈啦。不用去管她們說什麼。」哪像羅威爾哥哥，就算見到面了，也無動於衷……」

「要是辦得到，我就不用傷腦筋了……」

（嗯～？）

他們兩個果然還是不肯明說。艾倫歪著頭，開始整理腦中的情報。

・雙女神位在不同的世界無法輕易來到精靈城，但只要一來就會在精靈間引發問題。
・據羅威爾所說，她們是墮落女神，也是問題兒童，不可以對她們說的話有反應。
・一旦見面，就會被當成玩具耍著玩。

（雙女神是媽媽的姊姊們，有洞悉和定罪的力量……一來就會引發問題……）

艾倫一邊思考，一邊看著眼前的羅威爾和里希特。就算雙女神現身也無動於衷的羅威爾，以及閃爍其詞的里希特。

女神和精靈間的確有上下尊卑關係，但里希特這位大精靈可說是雙女神的外甥，奧莉珍也很疼他，實在難以想像雙女神會對他做什麼。

艾倫遂推測，既然亞克也跟羅威爾一樣，對雙女神無動於衷，那麼出問題的原因很可能跟個性有關。

而且總括來說，里希特和雙女神是親戚，如果連這樣都必須防著對方，代表問題出在上下尊卑關係——艾倫原本是這麼認為，思考卻在途中卡住。

（……親戚？）

好久不見的親戚的態度。假設雙女神是消息靈通的阿姨，一看到外甥會說的話是——

「難道雙女神會用洞悉之力，揭開碰面的人過去做了什麼壞事，然後再行定罪嗎？」

艾倫這聲呢喃，讓里希特大大抖動了肩膀。

「艾艾艾倫……妳怎麼知道……？妳聽誰說的？」

里希特的聲音在發抖，很明顯心生動搖。看來艾倫是猜對了。

「我推理出來的！」

解開直到剛才為止塞在胸口的煩悶後，艾倫以滿面的笑容，舒爽地面對里希特。

「艾倫總會這樣自己得到解答。有事根本瞞不住。」

羅威爾聳了聳肩，里希特則是嘆了口大氣。

「……我怕要是說出來，讓妳害怕雙女神，可能會觸怒她們，所以不敢告訴妳。對不起喔。」

艾倫見消沉的里希特道歉，不禁有些慌張。

「里希特哥哥，我不要緊喔。反正有爸爸在嘛。」

「艾、艾倫小姐？妳說我怎樣？可是我好像有一股不祥的預感耶？」

羅威爾首先對艾倫說的話有反應，聲音高興得往上揚。能受到艾倫依賴，確實令人開心，可是依照過去的經驗，他也學習到被依賴通常不會有什麼好事。

但羅威爾還是忍不住釋出充滿期待的灼熱視線，就這麼與艾倫四目相交。

「我相信爸爸會替我擋災的。」

「艾倫小姐咿咿咿！」

看到艾倫帥氣地豎起大拇指，羅威爾不禁慌了手腳。里希特見狀，也噗嗤一笑。

羅威爾很高興受到艾倫依賴，卻很失望竟與想像中不同。

如果吹捧雙女神，讓艾倫與她們見面，感覺就會引來周遭不悅。但如果對艾倫說謊，又更會被雙女神抓住把柄。

精靈們過去之所以不敢把雙女神的事告知艾倫，就是怕被夾在中間，裡外不是人。

「雙女神真是有個性。」

「居然用這句話總結……」

「艾倫，那兩個人才不是有個性這麼簡單，是墮落女神！」

「……爸爸，我看你遲早會被罵。」

當他們三個人聊到這裡，亞克和奧莉珍很快地從水鏡之間出來了。

「哎呀，你們已經聊完了嗎？」

但從裡面出來的兩人沒有理會外面訝異的三個人，奧莉珍一臉為難，相反的，亞克卻非常開心，笑容始終掛在臉上。

見他們兩人的態度成反比，艾倫總覺得有股不祥的預感。

「……怎麼了嗎？」

「亞克跟姊姊商量了一件事……真是傷腦筋啊。」

艾倫忍不住開口詢問，奧莉珍這才表示要換個地方談，領著眾人前往談話室。

＊

艾倫等人換了個地方後，奧莉珍、羅威爾、艾倫並排坐在談話室中央的沙發上。里希特和亞克則是隔著一張矮桌，坐在對面的沙發上。

這間談話室非常寬闊，中央放著矮桌和沙發，周邊還有暖爐和書櫃。

這裡跟其他房間的風格迥異，放著大型的觀葉植物而不是以插花裝飾，感覺就像是森林中的祕密基地。

天鵝絨的沙發和窗簾的觸感很舒服，是艾倫也很喜歡的地方，她從小就常在這個房間和凡一起玩捉迷藏或看書玩耍。

最近倒是很常看見亞克睡在沙發椅上。看來是天鵝絨的觸感征服他了。

艾倫以前好幾次在捉迷藏的途中，用窗簾把自己捲起來，就這麼睡著，所以當奧莉珍看到亞克在這裡睡午覺，也常笑說：「真像艾倫。」

奧莉珍一邊靠著羅威爾的手臂，一邊繼續剛才的話題：「關於亞克跟姊姊商量的事情啊……」

「亞克他不是掌管魔素嗎？」

「是啊。這又怎麼了？」

「因為他的力量慢慢恢復了，我就拜託他，慢慢來就好，要開始循環魔素了。」

「……他不是成天光纏著艾倫嗎？」

儘管這句話很失禮，羅威爾還是有些訝異地說出口。

「嗚嗚——我有、工作。」

就算他看到亞克氣得鼓起腮幫子，羅威爾依舊繼續懷疑，直說他不信。

「可疑至極。」

「哎喲，羅威爾你真是的。」

「雖然有我輔佐大哥，他還是有確實在工作喔……偶爾會落跑啦。」

「亞克的力量還沒完全恢復，如果碰到大型扭曲，身在精靈界就無法處理。所以像人界的這種地方，我都會請里希特陪他一起去。」

艾倫最近經常看到里希特在尋找亞克，她輕聲說了聲「原來如此」，總算明白是這麼一回事。

「那你們今天也一起去人界了嗎？」

艾倫想起她回來的時候，他們兩人也走在一起，因此開口詢問。

「嗯，對啊。」

里希特笑瞇瞇地回答。艾倫接著又問：「但剛剛是不是說到，有跟雙女神商量事情？」

亞克聽了點點頭。

「大哥，你找雙女神商量了嗎？」

「對。她們說、不能不管。」

「跟雙女神商量……」

里希特鐵青著一張臉，一旁的奧莉珍則是有些傷腦筋的模樣，這點讓艾倫很是在意。說不定這件事比起被當成玩具耍著玩還要棘手。

「發生什麼事了嗎？」

「魔素、纏在、一起。」

亞克開口解釋，但太過抽象，聽不懂。里希特發現艾倫頭上冒出問號，重新解釋：

「我今天跟大哥一起去人界循環魔素，可是不知道為什麼，大哥的力量發揮不了作用，沒辦法循環。」

「用了亞克哥哥的力量，卻無法循環……？」

艾倫也馬上察覺或許有某種力量在干涉。她想起亞克被監禁在學院時的魔法陣，表情蒙上一層陰影。因為她無法保證那裡沒有類似的機關。

據說後來無論亞克和里希特使用什麼手段，那個地方都會恢復原狀。所以他們才會想回來找奧莉珍商量。

「所以你們才會在水鏡之間的入口啊。」

「就是這樣。」

他們為了找奧莉珍商量，轉移到她身邊，卻因為水鏡之間被封鎖，只好站在入口處。而且正好跟艾倫他們幾乎同時回來，雙方才會碰頭。

「那雙女神怎麼說？」

羅威爾催促他們繼續說，這時奧莉珍丟下了一顆震撼彈。

「說是要帶艾倫過去。」

「咦？」

艾倫會困惑是情有可原，不過更要緊的是，羅威爾已經氣得怒髮衝冠了。

「我怎麼可能會准——！」

奧莉珍早就知道羅威爾會生氣，因此第一時間讓身體漂浮起來，不再靠著他，接著不由分說抱著他的頭，彷彿要用盡全身上下能用的地方壓制他，妨礙他行動。

「羅威爾，你先冷靜一點。」

「嗯唔……奧莉，妳先……好了啦，放開我……！」

奧莉珍豐滿的胸部整個壓在羅威爾臉上，讓他呼吸困難。

「媽媽，爸爸會窒息喔。」

「哎呀，討厭。親愛的，你還好嗎？」

「咳咳……奧莉！」

「討厭～不要生氣嘛。」

奧莉珍抬眼看著羅威爾哀求，羅威爾似乎招架不住，紅著臉呻吟：「嗚唔唔唔……」

但艾倫不管四目相交的他們，只當這是家常便飯，逕自往下說：

「雙女神為什麼會叫我去？」

「大哥，這是真的嗎？」

「真、的！艾倫、一起、去！」

能和艾倫一起行動，亞克非常開心。艾倫這才明白原來他從水鏡之間出來時，之所以那麼開心，是因為這個，不禁苦笑。

至於奧莉珍會一臉傷腦筋，或許是在思考該怎麼說服羅威爾吧。

羅威爾原本又想大叫「不行！」，卻在途中被奧莉珍抱緊阻止。艾倫以眼角看著他們，手放在下顎思考。

以前決定要不要去學院時，奧莉珍以「姊姊說，艾倫會幫我找到！」為由，百般希望艾倫前往學院。

既然雙女神那麼說，或許事關精靈，所以艾倫當時才會決定前往。沒想過會在那裡發現被監禁的亞克。

（……我是不是應該當作又跟精靈有關啊？）

反正既然洞悉一切的雙女神都這麼說了，不管怎麼樣，艾倫都勢必要去。

不過這個時機來得太恰到好處，倒是令人掛心。艾倫總覺得這件事也有惡整羅威爾的意

思，心裡五味雜陳。

「……我知道了。既然雙女神這麼說，就代表有我過去的理由。」

前往學院也是因為有雙女神的建言。既然有了因此拯救亞克的實績，倘若艾倫這次拒絕，或許會造成精靈犧牲。

「艾倫、一起！」

「是，我跟你一起去。」

「太好了、太好了！」

「我、不、准————！」

羅威爾這次反過來抱緊奧莉珍，封住她的動作並大叫。被緊抱在懷裡的奧莉珍卻顯得很開心。

「我怎麼能把艾倫交給你們！如果艾倫要去，我也去！」

「爸爸，凡克萊福特那邊……」

「暫時休息！」

「咦——？只有爸爸能在我離開的期間代替我耶。」

「我不管！如果妳不在，我也不會去！而且我們頂多只是輔佐。現在的經營狀態又沒有糟到他們自己無法處理。我都知道，妳為了讓他們可以自理，偷偷放了很多水！」

（穿幫了！）

真不愧是做爸爸的，把艾倫看得一清二楚。

艾倫他們是精靈。因此艾倫自認在凡克萊福特領實施的改革，都沒有非得依靠他們才能運作的措施。

艾倫頂多只是給予契機，現在那塊土地的發展，全都是凡克萊福特的人們互相幫助的結果。

「爸爸你怎麼這樣——？」

索沃爾那麼怯弱，要是聽到艾倫他們不來，一定會很慌張吧。

調查會在幾天之內就結束嗎？其實要緊的是，他們和賈迪爾一起經營的事業，現在依舊以艾倫和賈迪爾為中心運作，艾倫實在不想缺席。

正當艾倫傷腦筋，不知道該怎麼辦時，靜靜在一旁觀看的奧莉珍不知怎麼了，突然發出聲音：

「我也要去！」

除了亞克，所有人聽了這句話，都發出疑惑的聲音。

「我偶爾也想跟！」

「奧、奧莉妳不行吧？妳不是不能長時間待在人界嗎？」

「媽妳不行啦。那裡是魔素盤旋的異變之地，要是妳去了，那裡在豐饒之力的影響下，別說森林了，陸地都會擴大。」

這句話讓艾倫和羅威爾愣在原地。他們這才知道，擁有豐饒之力的奧莉珍一旦前往魔素盤旋的地方，影響會大成那樣，結果都忘記驚訝，直接心生恐懼了。

「媽媽，不可以！」

「奧莉，妳留下來看家吧？」

「嗚……人家偶爾也想跟你們出去啊～～！」

有著一雙大眼的奧莉珍開始啼哭，讓艾倫等人又是另一陣訝異。

「妳、妳是怎麼啦，奧莉？」

「媽媽？」

見奧莉珍抓著羅威爾的胸膛哭泣，眾人都慌了手腳。艾倫才剛覺得奧莉珍的模樣與平常不同，馬上發現她的臉龐一片通紅。

「媽媽，我摸一下喔。」

艾倫將自己小小的手貼上奧莉珍的額頭後，手頭傳來一股不低的熱度。

「媽媽，妳是不是發燒了？」

「什麼！妳、妳還好嗎，奧莉？」

「嗚嗚～～嘶……人家才沒有發燒，所以也要一起去啦～～」

看奧莉珍在羅威爾懷裡不停鬧彆扭，艾倫和羅威爾四目相對。

「爸爸，把媽媽抱到床上。」

「好。」

羅威爾橫抱起奧莉珍，迅速轉移到他和奧莉珍的寢室。其他人也同樣轉移到寢室。

「我去叫列本和庫立侖過來。」

里希特說完，便從現場消失。女僕們聽聞奧莉珍的狀態後，全都慌了手腳，精靈城一下子就陷入一片騷動中。

羅威爾本想讓奧莉珍躺在床上，但她卻抓著羅威爾的衣服不放。

「奧莉，到床上吧？」

羅威爾這麼勸道，奧莉珍卻不想離開羅威爾，不斷搖頭表示不要。

「就連爸爸一起送上床吧！」

「好、主意。」

大概是為了報復平日受的委屈，亞克也贊同艾倫的提議，他輕鬆抓起羅威爾的腰，然後往床上扔。

雖說精靈的體重很輕，亞克卻輕輕鬆鬆抓起兩個大人，讓羅威爾和艾倫訝異不已。

「休息、重要。」

「呃……喂！」

亞克說完，抓起被子就往羅威爾和奧莉珍頭上蓋。

羅威爾原本還在被子下掙扎，卻被亞克從上頭壓制，艾倫見了，一臉得意。

「亞克哥哥，幹得好！」

艾倫豎起大拇指，表示幹得好，亞克看了，露出滿面的笑容。受到艾倫誇獎，似乎讓他開心得不得了。

正好這個時候，里希特帶著列本和庫立侖回來了。他們三人看見羅威爾在被子當中掙扎以及奧莉珍抓著羅威爾不放的情形，感到一陣困惑。

「爸爸，為了媽媽，請你保持這樣別動。」

「可……可是……」

「麻煩你們趁現在替媽媽看診。」

聽艾倫這麼說，列本和庫立侖點了點頭。這下就算羅威爾再怎麼胡鬧，也乖乖定在原地不動了。

艾倫心想，要說就要趁現在了，於是決定向羅威爾理論：

「爸爸，我很高興你替我擔心，但我不要緊啦。反正亞克哥哥和里希特哥哥都在，我也會請凡跟我一起行動，所以請你陪著媽媽吧。」

「淨是一些臭男人啊！」

「咦咦～～？不然我去拜託奧絲圖看看。」

艾倫不抱希望說著，沒想到意外地有效。

只見羅威爾面帶迷惘，但還是能接受奧絲圖在場。

「唔……我會告訴她，要是有萬一，她可以拔劍喔！」

「羅威爾哥哥，再怎麼樣，奧絲圖拔劍都太不妙了。整座山都會不見的。」

（咦？那把劍有這麼厲害嗎……？）

奧絲圖是凡的母親，也是精靈界首屈一指的靈牙統領。她平常揹著的大劍都維持原樣，沒有拔過。然而一旦拔起，卻會對周遭帶來巨大的影響。

「奧絲圖有拔過劍嗎？」

「因為威力很強，很少拔出來……應該說不能拔。我記得上次拔出來，是被敏特求婚的時候吧？」

「咦……」

被求婚就拔劍？正當艾倫的思緒還沒跟上時，里希特再度扔下一句炸彈。

「啊，不能這麼說。應該是她正在進行決定靈牙統領的決鬥時，敏特突然向她求婚了。」

「那是什麼情況——！我超好奇的！」

艾倫探出身子，以行動顯示她不會放過這個話題。

「留到最終決戰的兩個人，就是奧絲圖跟敏特。結果敏特劈頭就求婚。因為敏特實在太纏人了，奧絲圖才會拔劍，然後剷平了整座山。」

「好……好激動……」

艾倫忍不住道出這樣的感想，接著突然想起一件事。

當她在凡克萊福特聽拉菲莉亞說索沃爾要再婚時，凡似乎說了什麼。

「凡說過，整座山都夷為平地了。」

「噢，對對對。因為一旦用了那把劍，土地會暫時死去，連草都長不出來。所以那次媽媽很生氣。」

艾倫睜著雪亮的雙眼，列本和庫立侖則是在一旁替奧莉珍診療。身在另一邊的亞克，只是不斷說著「纏在一起」，但列本和庫立侖卻歪著頭，根本看不懂。

「最後敏特大叫：『我下不了手揍親愛的奧絲圖！』結果奧絲圖用拳頭揍了敏特，這才分出勝負。」

「哇啊啊啊……是真愛耶……」

「艾倫，我覺得妳誤會嘍。」

冷靜的羅威爾開口吐槽。

精靈當中有很多是野獸類的精靈，像敏特和奧絲圖那種演變成搏命戰鬥的求婚，當然也不在少數。

儘管奧絲圖當上統領，上一代統領卻感嘆她嫁不出去，甚至認為要是讓敏特跑了，根本抱不到孫子，所以動員全族說服奧絲圖。

「感覺比較像奧絲圖拗不過敏特的死纏爛打才答應結婚。」

「真愛……！」

「妳有在聽嗎？艾倫小姐？」

在眾人聊天的這段期間，列本和庫立侖結束了診療。

艾倫這才回過神，驚覺自己竟在身體不舒服的奧莉珍身邊吵鬧。

當艾倫開口道歉，奧莉珍卻輕聲說：「小奧她啊，其實是個傲嬌啦……」

奧莉珍整個人貼在羅威爾身上，所以看起來心情很好。她之所以會想和眾人一起前往人界，或許不完全是因為身體不舒服，而是覺得不安吧。因此身邊吵鬧對她來說，反而比較開心。

「媽媽她身體怎麼樣？」

艾倫詢問後，只見列本一臉困惑。

「只知道女王的力量很不穩定……」

「力量不穩定……嗎？」

是基於某種原因，導致身體不適嗎——當艾倫擔心地提問，亞克不知為何首先開口解釋：

「女神、魔素、纏在一起。」

「咦？」

亞克表示，奧莉珍腹部一帶的魔素正纏繞在一起。

「媽媽，妳吃了什麼東西？」

艾倫對著奧莉珍投以一道懷疑的目光，質疑問題出在食物上。

「…………我吃了什麼啊？」

看來本人沒有任何頭緒。所以他們詢問女僕，想知道奧莉珍有沒有隨手抓東西來吃，女僕卻表示奧莉珍只吃了艾倫帶回來的剩餅乾和紅茶。

「餅乾是昨天從凡克萊福特帶回來的剩餅乾，應該不會一天就壞了。」

尤其是點心和紅茶，兩者都會拜託罕見的時間精靈予以保存。

在場所有人都是一臉不解，隨後女僕似乎想起了什麼，說了聲：「對了。」

「有其他不對勁的事嗎？」

「昨天羅威爾大人您們出門後，女王就怪怪的了。」

「咦？那吃餅乾跟紅茶是在什麼時候？」

「是您們中午出門後，大約兩個小時後的事了。」

「意思就是，在吃餅乾之前，身體就不適了……」

看來原因不是食物。但這麼一來，就更想不出奧莉珍身體不適的理由了，艾倫不禁歪頭。

「對了，我總覺得很睏……」

艾倫回想著今早的奧莉珍，但她記得跟平常沒有兩樣。

「總之先暫時觀察一下情況好了。」

所有人點頭回答艾倫的提議。

「媽媽，今天的土產是馬芬蛋糕，但因為是固態食物，我們明天看妳的狀況如何再吃吧。」

「不要啊啊！我的點心～～！」

「不行喔，請妳乖乖休息。」

「不要啊啊啊啊啊……嘶……」

不知道是不是發燒的影響，奧莉珍變得非常愛哭。在旁邊陪睡的羅威爾坐起上半身，一邊撫摸奧莉珍的頭，一邊替她擦拭眼淚。

「奧莉，等妳的身體恢復，一定會變得更好吃喔。」

「嗚嗚……親愛的，你可以陪我嗎？」

「那當然。」

聽到羅威爾這麼說，奧莉珍也放下心來，開心地不斷磨蹭羅威爾。

「爸爸，我跟凡去一趟凡克萊福特，說我們要暫時缺席。」

「好，我知道了。」

「亞克哥哥，里希特哥哥，我明天再開始幫你們可以嗎？」

「嗯，可以啊。」

「列本和庫立侖，請你們陪著媽媽。」

「明白了。」

「包在我身上！」

艾倫對所有人下完指示後，為了讓大家明白今後的打算，做了簡單的說明：

「好了，那我跟凡去一趟凡克萊福特。也會順便聯絡奧絲圖喔！」

見艾倫做事這麼條理分明，羅威爾不禁愣在原地。而且她還不忘在最後做出警告：

「爸爸，請你好好看著媽媽，不要讓她偷跑喔。」

「嗚……好、好啦。妳也要小心喔。」

「好！」

艾倫有朝氣地做出回答，然後把凡叫來，一起轉移到凡克萊福特。

羅威爾看著女兒可靠的背影，心裡有些落寞。

他總以為女兒永遠都是那麼嬌小可愛，一旦開口，就沒人說得贏她，沒想到已經在不知不覺間長大了。

此時無人知曉，羅威爾心中正提心吊膽地想著，未來有一天，艾倫可能會咄咄逼人地說：「我討厭爸爸。」

要是那天到來，羅威爾將一輩子一蹶不振。

「真不愧是公主殿下。」

艾倫做事的手腕讓列本為之著迷，不禁心醉神迷。

這種時候，就看得出艾倫在精靈當中，也是特別的存在。她總會抓住旁人的心。

羅威爾雖是跟奧莉珍締結契約的人類，在精靈界清醒之後，卻受到精靈莫大的批判。最重要的一個理由，自然是因為他身為與汀巴爾王室有關的貴族身分。精靈與王室水火不容。

羅威爾有與生俱來的貴族氣質，所以不介意這種事，但在精靈界當中，羅威爾的力量只不過是半精靈，非常微不足道。

要是惹大精靈生氣，他將會在瞬間被消滅。在精靈界的羅威爾就是這麼弱。

他唯一特別的一點，就是同時擁有以人類身分與奧莉珍締結契約時的力量，以及身為精靈覺醒之後，獲得的結界之力。

照理來說，精靈只會被授與一種力量。但多虧他過去身為人類，和奧莉珍的契約才沒有中斷，這讓羅威爾很是開心。

這裡是他逃離人界各種紛爭後，與奧莉珍一同度過的小小天地。

此時在這樣平靜的世界中，發生了一件宛如風暴的事情。奧莉珍懷孕了。

周圍的人都很訝異，也難以置信。每個人都異口同聲地說：人類和精靈不可能有子嗣。

仔細一問才知道，羅威爾已經半精靈化，所以才能生子。羅威爾也半信半疑，但看到奧

莉珍的肚子越來越大，心中不斷湧出憐愛之情。

當艾倫出生，羅威爾第一次見到她時，看到頭部兩側跟自己一樣捲翹的胎毛的瞬間，心中的憐愛已經停不下來了。

一想到這個在懷裡悉心照料的寶貝女兒，長大了就會離開自己，實在非常捨不得。

「讓孩子獨立是嗎……」

我做得到嗎——就算自問自答，他恐怕也會馬上回答：「不能。」

她是一個在小心呵護下一直藏到今天的寶物。羅威爾認為他還需要一點時間調適心情。

最近艾倫也大病初癒，必須時時刻刻盯著，但沒想到奧莉珍會在這個時候搞壞身體。

羅威爾這才發現一件事。他最近一直忙於凡克萊福特事業，沒多少時間陪伴奧莉珍。

奧莉珍之所以可愛地鬧彆扭，說要一起去人界，或許是因為她總是待在精靈城，等待大家回來，覺得很寂寞吧。

身旁的奧莉珍可能真的很不舒服，不知不覺已經睡著了。其他精靈們察覺這點，都小心不發出聲音，靜靜地移動。

羅威爾以念話告訴身旁的精靈們：「我先去換個衣服，拜託你們看著奧莉了。」之後便轉移消失。

羅威爾很快就換好睡衣回來，悄悄將身體滑進奧莉珍身旁，小心不吵醒她。他看著在一旁待機的女僕替他們蓋上被子後，示意所有人可以退下了。

羅威爾目送精靈們行禮後，離開寢室，接著撫摸奧莉珍的頭。

他告訴自己，呵護在懷中的寶物可不只艾倫一個人，就這麼擁抱著奧莉珍，自己也閉上雙眼。

＊

隔天，艾倫將土產交給女僕，吩咐她視奧莉珍的身體狀況而定，再看要不要拿出土產。

當艾倫跟宅邸的人說明奧莉珍身體不舒服，所以她和羅威爾會暫時不來幫忙後，大家紛紛送上成堆的點心。不過艾倫暗自決定不把這件事告訴本人。

畢竟要是說出來了，奧莉珍恐怕會吃到搞壞肚子。所以艾倫告訴女僕，要一點一點拿出來給她。

眾多土產當中，有許多體貼奧莉珍身體狀況的東西，比如易於消化的布丁、軟綿綿的蒸糕等點心。

艾倫已經請掌管時間的精靈停止時間，所以這些東西不會腐敗，不過需要小心別被其他精靈發現這點，或許就是點心的魔力。

艾倫也再三提醒女僕要注意這件事。

「那我走了！」

「路上小心。千萬不能勉強喔。」

「好！」

艾倫被里希特抱在懷裡，開朗地揮手道別，就這樣轉移消失了。

被留在原地的羅威爾湧現些許落寞，但奧莉珍倒是很高興能和羅威爾在一起。

羅威爾沒想到奧莉珍會如此開心，實在是可愛到不行。

「女王，公主殿下有土產要給您。」

女僕拿來的是艾倫說過易於消化，要先拿出來的布丁。

「呀啊啊啊啊！是布丁～～！」

羅威爾一見奧莉珍發出尖叫，「哎呀？」一聲後，歪著頭，並未說出心裡的話。

（好像很有精神……？）

奧莉珍的身體從未出過問題，羅威爾原本還很擔心，但說不定只是杞人憂天，他不禁鬆了一口氣。

羅威爾一下子餵奧莉珍吃布丁，一下子卿卿我我，不過還是觀察著她的身體狀況，陪伴著她。

第四十三話　扭曲的魔素與扭曲的樹木

一行人轉移到亞克指定的地點後，就這麼漂浮在空中，由里希特說明原由始末。

「森林中最大的樹……奇怪？大哥，那棵樹比昨天還大耶。」

「真的、耶。」

所有人隨著里希特移動視線，立刻看見在森林裡有棵樹的樹梢比其他的樹突出一大截。

（唔哦哦！奇幻世界！）

那副模樣就像故事中常見的巨木。故事中的巨木不是漂浮在空中，就是葉子能當成復活靈藥，讓艾倫興奮極了。

（仔細想想，我的存在也很奇幻。）

儘管腦中擁有奧莉珍他們的常識，艾倫也知道自己的存在非常嚇人。

因此她不禁反省，自己總是不小心以生前的記憶對這個世界的事物下註解，這實在不太好。

「那個地方的魔素很混亂，使用能力的時候要小心。」

里希特出言提醒，所有人都點了點頭。眾人就像流水一樣，輕輕地落在巨木根部。

聳立在眼前的巨木實在令人嘆為觀止。

「唔哇啊啊啊……好大喔……」

艾倫仰望著巨木，嘴巴張得偌大。

「艾倫，妳的嘴巴忘記闔起來嘍。」

里希特嘻嘻笑著，同時輕輕搔癢艾倫的下巴。

「嗯唔唔……」

艾倫酥癢得急忙用兩手捂住嘴巴，里希特見狀，笑著抱起艾倫。

亞克在一旁看著，大概是覺得羨慕，張開雙手催促里希特換手，卻被里希特一腳踢開。

「大哥，請你別在意我們，專心工作吧。」

「嗚嗚、艾倫、過來。」

「我不要。里希特哥哥也是，快放我下來。」

「咦？唉，沒辦法了。」

里希特也心不甘情不願地放下艾倫。

落地後，艾倫還不忘向里希特道謝。里希特表示不用客氣後，艾倫馬上輕快地往巨木的樹根跑去。

「公主殿下！您用跑的很危險！」

獸化的凡急忙跟上。里希特也緊追在後。

奧絲圖在最後方無所事事待機，首先打了個呵欠，才緩緩跟上。

「這地方真～～平靜，又鳥不生蛋。」

艾倫聽了奧絲圖的話，忍不住以同樣的話反問：

「鳥不生蛋嗎？」

「對啊，公主。這裡什～～麼都沒有喔。」

「沒有？」

正當艾倫還不解這是什麼意思時，凡也動了動鼻子，同意奧絲圖的話。

「完全沒有動物的氣息耶。」

「咦？」

「來到這麼深的森林裡，照理說應該要有鳥，或是一、兩隻鹿……可是卻完全沒有氣息。連精靈也不在。」

這時候，凡似乎查覺異樣，開始警戒周遭。

「里希特哥哥，這種事有可能發生嗎？」

「嗯～……應該不能說沒有吧？雖然我也是第一次碰到……」

接下來里希特說出口的話，令艾倫難以置信。

「我想這應該是魔物風暴的產物。」

「咦……？這個嗎？」

「對。我早上有從空中觀察這整個地方，發現這裡是一座很大的島嶼。」

「島嶼……」

島嶼中心發生了魔物風暴。在這樣一個封閉的空間，一旦發生那樣的風暴，不難理解後果會如何。

「感覺好像蠱毒……」

「蠱毒？」

里希特聽見了艾倫的呢喃。

「那是一種使用蟲子的詛咒儀式。」

「呃……公主怎麼會知道這種鬼東西啊！」

奧絲圖以難以相信艾倫竟會說出這種話的眼神看著她。

凡一臉困惑，亞克則是不知道該說些什麼，只有里希特靜靜地發出怒氣。

「這是負面教材。艾倫，妳在哪裡知道這個東西的？」

「咦！哪、哪裡啊？我忘了。」

「……真的嗎？」

「真、真的。」

被里希特這麼不發一語地盯著看，實在是如坐針氈。

奧莉珍是知道艾倫擁有轉生前的記憶，但艾倫不知道能不能現在挑明這件事。

但當艾倫連個搪塞的謊言都說不出來時，里希特輕輕嘆了口氣。

「算了，就先當成這樣吧。」

里希特摸了摸艾倫的頭，她只能輕輕說聲「好……」當作回答。

「啊……妳說那叫蠱毒？那個跟這裡很像嗎？」

奧絲圖這麼問後，艾倫這才開始解釋：

「所謂的蠱毒，是把很多蟲子裝進一個很大的瓶子或壺，讓牠們自相殘殺。」

「嗯……」

「怎麼有這麼殘忍的……沒有精靈會想到這種事。是人類嗎？」

「是……是啊……」

里希特的言語極為銳利，要是解釋得太詳細，難保不會出現紕漏，弄得艾倫是冷汗直流。

（要是他們以為我是在凡克萊福特聽說這件事情，說不定以後就不會讓我去幫忙了……我要趕快岔開話題！）

「然後把最後剩下來的那隻蟲……用在殺人或詛咒上？對不起，我記不太清楚了。印象中是這種方法。」

雖說是為了岔開話題，這樣或許又太隨便了。

（嗚哇啊啊啊！到底該怎麼解釋才對啊！）

「原來如此。要是魔物風暴發生在封閉的島嶼，動物們自相殘殺……的確可以理解這裡為什麼沒有人類和動物。」

看來似乎跟料想中的不一樣，沒有遭到質疑，艾倫不禁心跳得飛快。這時奧絲圖說出了一句直搗核心的話。

「可是啊，如果真的是這樣，不就代表最後有一隻剩下來了嗎？」

因為奧絲圖這句話，艾倫的臉色瞬間刷白。當她驚覺確實如此時，一股惡寒瞬間湧上。

「唔唔……要是那傢伙出現，吾會一擊將之擊潰！」

為了替艾倫打氣，凡一邊說，一邊發出「嘎哦」的吼聲。

「話說回來了，小不點，你為什麼要獸化？」

「因為公主殿下最愛吾的毛髮！」

「是喔。」

「啊，等……母親！請妳別拔吾的毛！」

「我想說看起來很熱嘛。要剃掉嗎？」

奧絲圖握著背上那把劍的劍柄說道，凡和艾倫一同發出悲鳴。

「請妳住手——！要是用了那個，吾會被劈成兩半——！」

「奧絲圖！凡的毛皮很重要！」

當艾倫慌慌張張地要奧絲圖住手，奧絲圖也摸了摸艾倫的頭說：

「好啦，要是有那種傢伙在，我會把牠劈成兩半。」

看來這是奧絲圖以自己的方式，替艾倫打氣的手段。艾倫頓時還愣在原地，後來也察覺奧絲圖的用心，露出了微笑。

「那就拜託妳了。」

「好喔。」

「公主殿下！吾也是！還有吾喔！」

凡不停在艾倫身邊打轉，彰顯自己的存在，這也讓艾倫很是高興。

「那也拜託凡了。」

「遵命！」

凡大力地喘氣，一臉得意地面對奧絲圖。

「請妳住手！」

「果然很煩。我看還是剃掉小不點的毛吧。」

一旁的亞克和里希特不管他們的一來一往，正探索著氣息。他們似乎認為奧絲圖所說的話不無道理。

「大哥，有這樣一個傢伙嗎？」

里希特詢問後，亞克原本是歪著頭思索，他查探了周遭好一陣子後，搖了搖頭，表示他沒感覺到有這樣一個存在。

如果有個唯一在魔物風暴中倖存的生物，亞克不可能一開始會沒有察覺。

不過如果說到有個類似的東西存在，那就是眼前這棵巨木了。亞克伸出食指指著它。

「呃……難道就是這棵樹？」

里希特在困惑之中問道，亞克對此點了點頭。

集所有人視線於一身的這棵樹，又比昨天更加嚴重扭曲了。

艾倫總覺得自己在哪裡看過眼前這棵樹。

（感覺……好像似曾相識……）

這就叫做既視感嗎？艾倫發出「嗯～」的思索聲，一一攤出記憶中相似的東西，結果發現是某種植物。

（對了，是榕樹跟招財樹這兩種觀葉植物！）

粗壯的樹幹和厚實的枝葉複雜地纏繞著根部的模樣，跟榕樹一模一樣。

從地上開始生長的樹幹到了途中，就露出了被稱為氣根的樹根。這點跟榕樹相同。

另外周遭樹木不斷纏繞上來的模樣，就跟編織好的招財樹很像。

招財樹的造型其實是人工編織的。但眼前的景象看起來卻像樹木被施予一定的力道，才會如此捲曲。

（這就是魔素扭曲的影響嗎？）

魔素應該是無法自行移動。所以才需要亞克存在。

（既然這樣，代表受到某種影響的可能性最高……）

里希特察覺艾倫陷入沉思，將食指擺在嘴邊，要求眾人別出聲。而艾倫並未發現他的這個舉動。

（既然雙女神建議哥哥們帶我來，一定是需要我的能力吧？）

這時候，艾倫想起里希特說過，巨木中央有個類似石碑的東西。

（雖然有點遠，從這裡能看得出材質嗎？）

艾倫開始試著靠近巨木。但那些像氣根的樹幹和其他樹木太礙事，讓她無法靠近中央。所以她輕輕浮起，往主幹飛去。當她隨意推測該石頭的位置，發動力量的瞬間，事情發生了。

「呀！」

「公主殿下！」

大概是受到艾倫發動的能力影響，周圍的樹木不斷發出隆隆地鳴，開始移動。

艾倫打從一開始就小心行事了，但沒想到樹群連這樣小小的力量都會有反應，她實在是訝異不已。

凡急忙上前護住艾倫，里希特也從後方抱著艾倫，然後遠離樹木。

「艾倫，妳還好嗎？」

「里希特哥哥……謝謝你。」

艾倫的心臟正怦怦跳個不停。她被里希特抱著，坐在左手臂上，就這麼靠著里希特，抓著他的上衣。地鳴看樣子一時半刻是不會停止了。

「亞克哥哥，你可以降低樹木周圍的魔素嗎？」

「降低？」

「就是把這棵樹周圍的魔素吹得遠遠的！」

「知道、了。」

亞克輕輕舉起右手，接著一陣狂風突然吹來。看來他是掀起了龍捲風，將魔素往天空送。

因為這陣強風，艾倫反射性緊緊抓住里希特，里希特也把手放在艾倫的頭上護著她，並穩住她的身體。

當強風停止，艾倫抬起頭，地鳴也跟著停止。艾倫就趁現在使用能力，迅速分析那塊石頭。

「……黝簾石？」

她查出周圍岩石的中心，鑲著一塊黝簾石。應該是有個人刻意放在裡面的。

「黝簾石是什麼？」

「呃，礦石的一種……含有釩和氧化鉻，應該是一塊藍色的石頭。」

「藍色的石頭嗎？」

「對。它跟樹木中心那塊石頭不一樣，應該是有人埋進去的。」

黝簾石又叫坦桑石。是一種根據成分的保有量，顏色和稱呼都會改變的多色性寶石。藍色的坦桑石有較高的釩，綠色的綠簾石則有較高的鉻。其他還有鐵含量較高的黃色斜黝簾石。以及同時含有紅寶石成分，與明顯不透明的綠色區塊的紅寶黝簾石，又叫紅綠寶。

含有錳的不透明粉紅色寶石，也叫做桃簾石。透明度高的粉紅色寶石，則叫做粉紅黝簾石，是一種多樣性的寶石。

其中坐鎮在樹木中央的這顆石頭，雖然只能粗略推估成分，卻毫無疑問是坦桑石。

「是誰埋進去的嗎……」

「對。石頭的中心鑲著一個很大的藍寶石。」

「原來如此。因為石頭表面布滿樹藤和青苔，我只是隨便猜測可能是石頭，卻不是很清楚。所以雙女神才會說，適合由妳來處理這件事吧。」

「或許吧。」

如果與礦物有關，艾倫確實能調查得比任何人更詳細。雙女神或許就是看清了這點，才會叫他們帶上艾倫。

里希特把艾倫放回地面，維持漂浮的姿態，直接拜託亞克：

「大哥，你可以就這樣讓魔素別再跑回來嗎？」

「知道、了。」

艾倫敏銳地察覺里希特要做些什麼，於是開口詢問：

「里希特哥哥，你要怎麼做？」

「我想說既然妳能使用能力，我應該也能用『電影』。我要把周圍的樹木燒了。」

「電影？那個難道是……」

「是妳替我命名的招式。」

里希特對著艾倫拋了個媚眼，接著在右手製造出一把光劍。

當艾倫無意識發出「呃」的一聲，里希特揮下手中的電影，一口氣燒開中央那棵樹的一小部分。

里希特靈活運用電影一一砍倒四周樹木的模樣是很帥，但艾倫想起那個名字的由來後，不禁抱頭苦思。

（那該不會是那個時候的……！）

那是很久以前，艾倫看到這個招式，脫口說出「是電影裡的東西……！」結果就這麼被拿來當招式名稱的東西。

（先等一下，這未免也太丟人了吧！）

里希特無視艾倫不知所措的模樣，迅速在樹木中心開出一個空洞。

中心有個被樹藤和青苔覆蓋的東西。當艾倫心想這就是里希特剛才說的石頭後，沒過多久，石頭就一口氣燒起來了。

「呀！」

「我有控制力道，火只會燒掉黏在石頭上的樹藤和青苔，妳不用擔心。」

艾倫以前曾經仔細教過里希特，聚光產生熱能的辦法。

從此之後，里希特學會各式各樣的事情，非常地開心，也提升了熟練度。

石頭周圍的樹藤和青苔一下子就燒得精光，露出一塊石頭，石頭的中央鑲著一顆高透明度的偌大藍紫色坦桑石的原石。

艾倫調查了原石的大小，長十五公分，寬七公分，鑲在石頭中的深度同樣是近七公分。

就是這個東西對艾倫的探索釋出強烈的反應。

坦桑石經過加熱處理後，會變成具有高透明度的藍寶石原石。但照理來說，應該要用三百度以上的高溫燒兩個小時以上才行。

如果這是一顆經過熱處理的原石被鑲嵌在石頭中，代表它毫無疑問是人工製品。

由於里希特製造出光源，艾倫等人才得以近距離仔細打量寶石。隨後，艾倫訝異地瞪大了眼睛。

「難道這是多色黝簾石！」

鑲在石頭中的原石有很高的透明度，呈現出藍色和紫色的美麗漸層色。

具有兩種以上的顏色、呈現美麗的漸層色彩，再加上色彩的鮮豔度，像這種高度稀有的

寶石，就叫做多色黝簾石。

正因為這種寶石的形成不必經過加熱，才具有被稱作多色黝簾石的價值。無論是透明度也好，還是色彩的濃郁度，都是難得一見的珍品。

說不定是受到高濃度的魔素影響才會如此，艾倫與生俱來的研究者本性不斷湧出，這點旁人都看得出來。

「艾倫的執著力真是驚人……」

一旁的里希特顯得有些退卻，艾倫見狀，這才回過神來。

「好想帶回去調查喔……」

「公主，沒想到妳的嗜好這麼特殊啊。」

聽到艾倫喃喃說出這句話，奧絲圖和里希特都不禁苦笑。

「艾倫，這東西說不定是受到魔素影響才會這樣喔。」

「啊。」

「妳忘了對吧？」

「對……」

艾倫害羞地嘿嘿笑著，所有人只能苦笑。

「公主殿下，那顆石頭下面好像有字喔。」

「咦？」

所有人的視線因此一齊往下移動。當他們見到那段文字，都藏不住心中的訝異。

因為刻在石頭上的文字，竟然是精靈語。

第四十四話　刻在石碑上的精靈語

「這個是精靈語吧？」

艾倫有些沒信心地詢問，里希特隨即嘟囔：「真是懷念。」

「嗯，這個有點久了。大概是五百年前在用的吧？」

雖然不像人界那麼顯著，精靈界的流行和文字種類、說法，也會隨著時間流逝和時代風潮慢慢改變。

羅威爾以前教過艾倫，人界最古老的文字記述是以精靈語寫成，也有文獻如此記載。

艾倫姑且也看得懂精靈語，但沒想到會在這裡撞見。

在人界，也只有少部分的人看得懂精靈語，艾倫聽說汀巴爾國內沒幾個精通精靈語的人。

與精靈締結契約或魔法陣上的文字，是精靈語與人界的文字互相穿插衍生出來的東西，不會出現在精靈界。

她在學院看到監禁亞克的魔法陣，恐怕也是三百年前的文字。不過艾倫卻看不太懂契約使用的語言。

（五百年前還只是有點久……真誇張。）

對艾倫來說，五百年就像一段永無止境的時光。但她身邊有一半的大精靈是創立這個世界的元老，次元根本不同。

艾倫不知道他們正確的年齡。就算若無其事詢問，他們也只會反問：「我幾歲了啊？」根本已經記不清楚了。

艾倫擁有人類的感覺，所以她不太懂他們怎能如此，不過置身在龐大的時間之流中，或許就是這麼一回事吧。

人一旦上了年紀，就會覺得一年過得比一年快。這就是體感時間和年齡成反比的珍妮特法則。

心靈跟不上變化，對過去記憶猶新——精靈也會有這些現象。說不定精靈和人類在本質上並沒有多大的不同。

「那這上面寫了什麼？吾看不懂。」

看來凡也看不懂石碑上的文字。

「公主和小不點才剛出生，看不懂也沒辦法。」

隨著時間流逝，刻在上頭的文字已經有所殘缺。里希特也花了一番功夫才成功解讀出來。

【約定……共赴永恆，期許再度於此地邂逅……杜馬長眠……祈……】

「嗯～只看得懂這些了。」

聽完里希特說的話後，艾倫道出率直的感想：

「杜馬長眠……所以這是杜馬這個人的墳墓嗎？」

「人類死掉好像會造墓是嗎？所以是死掉之後，埋在土裡，然後在上面立這種石頭？」

當艾倫聽到「埋」這個字，突然想到一件事。

（這個世界基本上各處都是土葬，這下面說不定有骨頭？）

艾倫使用能力，調查周邊土壤的成分。如果這是人類的墳墓，應該就在這塊石碑的正下方吧——艾倫這麼想，發動了能力。

「妳想到什麼了？」

「我想說分析一下這塊石碑下方的土壤成分……啊。」

石碑下方數公尺的地方，有著一塊一塊以一定間隔分布的鈣元素。從長度和推估的分量，大概是一個成人的分量。

（從杜馬這個名字來判斷，是一位男性嗎？）

「石碑下方有一具成人的遺體。」

「妳連這種事都知道啊……」

里希特顯少見過艾倫的能力，因此很是驚訝。奧絲圖則是歪著頭，搞不懂艾倫怎麼會知道。

「因為是公主殿下呀！」

倒是凡，不知道為什麼得意地說著。

「只有這塊石碑周邊，植物的根呈球狀包圍著這裡，把石碑保存的很完整。」

「保存……會不會是這具屍體在操縱魔素？」

「周圍的樹根看起來的確很像是在保護遺體。可是人類做得到這種事嗎？」

「不行吧。媽在創造人類的時候，是有讓他們跟精靈對話的能力，卻沒有給予力量。」

艾倫純粹想知道為什麼要讓他們能和精靈對話，而開口詢問，只見里希特理所當然地回答：「因為要是發生什麼事，不能溝通就無法叫他們聽話了啊。」

（……總覺得有點難過。）

聽到這麼斬釘截鐵地回答，感覺就像否定了羅威爾和艾倫的存在。

雖然艾倫明白他們沒有這個意思，內心深處還是一陣刺痛。

「……對了，精靈語。」

「艾倫？」

「會不會是……這具遺體生前跟精靈締結契約，而那個精靈操縱魔素在守護這具遺體呢？」

「嗯——可是附近好像沒有這麼一號人物耶。」

奧絲圖動了動鼻子，嗅著氣息。仔細一看，凡也正在策動他的鼻子。

掌管風的精靈無論人化或獸化，都能分辨氣味嗎？艾倫覺得有些耐人尋味。

「凡，你能分辨氣味嗎？」

「吾不像母親那麼厲害，不過還是大概知道。」

「是喔！好厲害！」

艾倫以尊敬的眼神看著凡，凡一臉得意地噴出鼻息。

他的尾巴也不斷搖擺，卻被奧絲圖揶揄：「小不點可真好懂。」

「艾倫，我覺得不可能是精靈在操縱魔素喔。」

「我、沒辦法、操縱、魔素。」

就算有精靈能操縱魔素，也不可能凌駕亞克。但現實問題卻是，亞克無法操縱那些魔素。

亞克大概是很介意這一點，顯得無精打采。

「亞克哥哥，你不能操縱的魔素，只有這塊石碑周圍的嗎？」

「……應該是？」

「這附近的魔素濃度變高了。可是你剛才已經把這裡的魔素導到天空，藉此降低濃度了對吧？」

「嗯。」

艾倫逐一確認著。接著彙整了想得到的可能性。

「既然這樣……我認為是石碑或這附近的某樣東西扭曲了四周的魔素，這麼想應該比較妥當。」

「啊～原來如此。現在的確可以正常使用能力。」

艾倫一邊發出思索聲，一邊看著石碑，這時凡提出要去探查附近的要求。

「或許有吾嗅不出來的精靈藏在哪個地方。」

「的確……那凡，麻煩你了。可是不要勉強喔。」

「遵命。」

說完，凡就這麼消弭身形。

「要不要我把這棵樹劈成兩半？」

奧絲圖握住背上那把劍的劍柄，里希特看了，厭煩地說：

「用妳那把劍，被砍的鐵定不只這棵樹吧？」

「會一起飛掉的東西，頂多也就對面那座山吧。」

「那更不行吧。」

見旁人隨即否定她的提議，奧絲圖顯得很不是滋味。

「不要說不行嘛。我偶爾也想用用這把劍啊。要是不稍微用一下，會生鏽耶。」

「那把劍是活的，才不會生鏽。而且妳真的會被媽罵死。」

「生鏽只是一種比喻嘛。我又不怕女王，想說偶爾一次沒差吧？」

「媽會一邊叫著『小奧，不行喲～～！』一邊飛過來吧。」

「喂，別鬧了。你怎麼會知道？」

每當奧絲圖想拔劍，奧莉珍就會急忙送出念話。奧莉珍的念話總是來得及時，弄得奧絲圖每次都只能砸嘴。但她很訝異里希特居然會知道這件事。

「因為媽總會說給我聽啊。」

「為什麼啊！」

面對這個簡單的理由，奧絲圖瞬間傻眼。倒是亞克，他從一旁探出頭來。

「那個、是活的、嗎？」

看來是對奧絲圖的劍有興趣。亞克明明是第一個精靈，基本上卻不太與人來往，所以完全不知道精靈界的常識。

「這是變成劍的精靈啦。會吸收主人的力量，變成自己的破壞力。」

「要是不把他拔出來，他也只是一直睡覺。」

「睡、覺？什麼時候、會起來？」

里希特察覺亞克興奮地想把劍叫醒，不禁一臉認真對他說：

「不能把他叫起來。」

艾倫並未注意這三個人在吵鬧些什麼，只是一直在思考。

（刻在石碑上的是大約五百年前的精靈語……）

先假設有個精靈跟這名死者締結契約，在他死後建造墳墓，並在墓碑上以精靈語刻字。以艾倫的能力，不是查不出石碑的年代，但如果對方使用的是早已歷經幾千、幾百年的石頭建造墓碑，那麼調查石頭的年代也沒什麼意義。

（我有辦法取出遺骨，做放射性碳測量這類的事嗎？可是考慮到周圍的樹根也在保護遺體，如果要合併計算魔素濃度高的土地、蟲子、氣溫分解速度……這實在不是我的專長。）

做這些事需要解剖學或考古學等專門知識。而且因為所處世界不同，魔素對土地的影響，以及與分解有關的蟲子種類也會不一樣。就算艾倫再怎麼厲害，也不可能精通這門學問，這不禁讓她有些沮喪。

周遭沒有精靈的身影。就算是因為魔物風暴，才使得精靈消失，只要知曉年代，就能在精靈界尋找知道當時情況的精靈，進而獲得情報。

艾倫重新思考有沒有其他能鎖定粗略年代的辦法，但到頭來依舊找不到能參考的年代。

（如果魔素在五百年前就扭曲了，亞克哥哥應該會發現。這麼說，魔素扭曲是在亞克哥哥被抓走的這三百年間，這麼想比較合理。）

精靈沒有建墓的概念。也許是這個精靈很重視契約者，所以隨著人類的習慣有像學樣，建造了墓地，並在石頭上刻精靈語。

「如果守墓的精靈因為魔物風暴而扭曲的話呢……？」

亞克被監禁在學院時，受到貝倫杜爾的祖先畫的魔法陣影響，無法操縱魔素。這件事發生在三百年前。

假設守墓的精靈不管魔物風暴已經發生，依舊為了守墓留在這裡。

艾倫剛才解釋過用來詛咒人的蠱毒，現在如實發生在這塊土地的可能性一下子提高了。

「凡不知道有沒有事？」

「怎麼突然擔心起他了？」

艾倫接著說出自己推理出的結果。

她假設有個精靈在此守墓，契約者死後，那個精靈就一直守在這裡。之後就算發生魔物風暴，也沒有逃走，因此那個精靈很有可能已經扭曲。

「既然精靈扭曲，那麼他使用的魔法也很有可能跟著扭曲。」

「原來如此，的確說得通。」

正因為精靈能夠承受某種程度的高濃度魔素，魔物風暴發生當時，精靈魔法師才會被推上前線。

但不管耐受性多強，就算是精靈，長時間接觸高濃度的魔素，也不可能平安無事。

能平安無事的，就只有大精靈了。

大精靈基本上都以精靈界為活動據點。當他們為了辦事前往人界，有時也會跟碰巧在當

地遇見的人類締結契約。

人類能與大精靈締結契約可說是千載難逢的運氣，也有一些精靈是在締結契約後昇華成大精靈，這兩種都是非常稀有的存在。

「魔物風暴是高濃度的魔素淤積之下，引起類似爆炸的現象，之後生物被那股力量吞沒，導致扭曲的災害。如果那個精靈被爆炸吞沒，然後產生扭曲，成為被留在這座島上的最後一個生物……」

「就變成妳剛才說的蠱毒嗎……」

「所以這裡果然留著一隻凶惡的傢伙嗎？」

「對……我很擔心凡，還是把他叫回來吧。」

「遺跡嗎？」

艾倫立刻以念話呼喚凡。而凡也正好說他發現了某樣東西。

『森林中有一座崩毀的遺跡。請問該怎麼做呢？』

「對不起，你稍等一下。」

『遵命。』

艾倫抬起頭，打算徵求眾人的意見。

「凡在附近發現遺跡了。」

「哎呀，那就走吧。搞不好會有什麼線索。」

「好。我請凡帶我們過去。」

艾倫以念話告訴凡後，凡立刻轉移回來了。

「那我們就過去吧。大哥，我想先把這裡的魔素恢復原狀，你可以嗎？」

「可、以。」

儘管持續使用能力，卻不見亞克的疲態。

「大哥，你的力量恢復得差不多了耶。」

「是、嗎？」

亞克開心地笑道，里希特和艾倫也被傳染，跟著展開笑顏。

正因為他們知道亞克之前的狀態有多嚴重，像這樣明顯的恢復，更讓人開心。

「亞克哥哥，你解除能力的時候，看得見魔素流動的樣子嗎？」

「嗯？」

「我想如果是你，應該看得見才對……」

「看得見、喔。」

聽了亞克的回答，艾倫雙眼都亮了。

「我猜這裡的魔素一恢復，就會發生里希特哥哥之前說的現象。」

「的確，這個空洞應該會在一瞬間恢復吧。」

「對。在前往遺跡之前，我想先確認魔素的動向。」

「我知道了。那先離遠一點吧。因為四周的樹木會逐一纏上來。」

里希特說完這句話後，就要抱起艾倫，沒想到卻有隻手從旁介入。

「哇！」

「艾倫來、這邊。」

臉上始終掛著笑容的亞克抱起艾倫。晚了一步的里希特只能苦笑。

「被搶先了啊。」

「換、我了。」

亞克心想終於抱到艾倫了，不斷磨蹭她的頭。

「唔咕！」

「大哥，我知道你很開心，可是輕一點啦。艾倫會被你壓扁。」

「嗯。我會、小心。」

「…………」

艾倫已經面無表情，連心都飛走了。

（為什麼……我身邊的人都這麼想抱我啊……）

艾倫兩眼發直，抓緊了亞克的脖子，避免摔下去。

這個舉動深得亞克的心，他再度磨蹭艾倫，讓艾倫傷透了腦筋。

「唔咕！」

「大哥！」

「對不、起。」

「你們在幹嘛啊？」

儘管被奧絲圖厭煩地數落，所有人還是漂浮到空中，來到遠離巨木約五十公尺的地方。

眾人移動到能清楚看見巨木的場所後，亞克的左手維持讓艾倫坐在上頭的模樣，右手則是高高舉起，然後輕輕往下揮。

隨後，地鳴以巨木為中心，發出陣陣「隆隆」巨響。

「沒想到居然會有這種事……」

艾倫完全看傻了眼，不過她還是觀望到最後。一旦地面搖晃，照理說就會群鳥飛離，現場卻完全沒有這種現象。

明明是綠意盎然的森林，這幅完全不見動物身影的光景，實在極為異常。

巨木就像結痂一樣，將裸露的石碑用周圍的樹木包覆起來。樹木被拉過去之後，樹根也被拉起，使得地面就像山一樣隆起。

這時候，因為太陽反射，艾倫覺得被鑲在石碑上的坦桑石原石似乎發出了一道光芒。

（……咦？）

艾倫一瞬間懷疑自己的眼睛。坦桑石的原石應該沒有任何力量，但她卻感覺到魔法的波動。

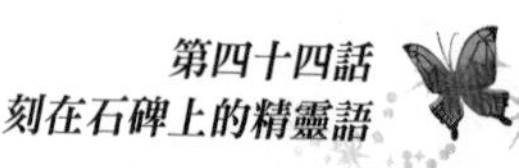

「石頭、在收集魔素……？」

亞克從艾倫的頭頂發出嘟囔。這聲嘟囔小聲到若不是碰巧被他抱著，否則根本聽不到。

（坦桑石應該沒有那種能力啊……這是怎麼一回事？）

事態至此，又蒙上一層謎團了。

*

在凡的帶領下，一行人降落的地方，是距離剛才那棵巨木約五公里遠的地方。

凡克萊福特的墓地就在距離城鎮不遠處，艾倫這才覺得，那塊石碑放置的地方還真遠。

遺跡如今只剩下斷垣殘壁，以及勉強看得出建築物占地有多大的地基。

（簡直就像奔密列遺跡……！）

那是某個著名動畫用來當設計原型的崩毀遺跡。石頭上布滿青苔，半毀的門上也纏滿樹根和樹藤。

覆蓋著遺跡的森林就跟巨木所在的地方一樣，是一片蓊鬱。因此從上空難以確認遺跡的樣貌。

里希特很佩服凡居然找得到這裡。受到里希特誇讚，凡一臉得意，奧絲圖卻看不順眼，笑著調侃：「小不點還得意忘形。」

「凡，做得好！」

「吾立功了！」

獸化的凡探出頭示意，艾倫就這麼待在亞克的臂膀中，胡亂抓著凡的頭。

「漂浮就漂浮，動作幹嘛這麼靈活啊？」

「母親這是什麼意思？吾本來就很靈活。」

「唉——好啦，知道了。」

奧絲圖敷衍地回答，卻惹得凡發出大吼：

「也請母親偶爾誇誇吾！」

「走開，煩死了。」

聽著雙方一如往常的爭吵，里希特環伺周遭說道：

「看起來好像沒有立足之地，沒辦法了，我們用漂浮的方式四處看看吧。」

眾人點頭同意里希特的提議。這時候，艾倫首先對凡說出剛才向眾人說明的內容。

「您是說，這附近很可能有個操縱魔素的人……」

「剛才那塊石碑的中心，發出了發動魔法的氣息。雖然我沒看到魔法陣，或許是從遠端操縱的類型。」

「吾明白了。」

里希特提醒眾人要繃緊神經行動後，便開始各自調查遺跡了。

「亞克哥哥，請你放我下來。」

「我、不要。」

亞克直搖頭。手臂甚至多用了一點力氣抱緊艾倫，就是不肯放手。

「這樣我看不清楚。」

艾倫為難地說著，一旁卻傳來「不可以喔」的聲音。

「亞克大哥，請你別放開艾倫喔。一旦她查得忘我，就會看不見四周。」

「咦——」

艾倫發出不滿的聲調，但里希特卻以「艾倫前科累累」為由，不予理會。

艾倫之前在學院太過亂來而昏倒，結果靈魂脫離身體，造成大騷動。

她聽說當時以奧莉珍為中心，集結了大精靈們一起搜索她的靈魂，所以當她的身體恢復原狀後，便去向所有幫忙尋找的大精靈們賠罪。里希特也是其中之一。

里希特說的話就像一根針，刺在艾倫的胸口上，讓她只能發出「唔唔唔……」的呻吟聲。

「亞克大哥，請你帶著艾倫去她想看的地方吧。」

「好。」

「……對不起。亞克哥哥，麻煩你了。」

亞克聽了艾倫的請託，輕輕笑著。他摸了摸艾倫的頭，艾倫只覺胸口一陣酥癢。

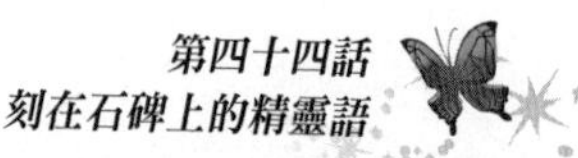

周遭的人之所以擔心她、過度保護她，都是因為她自己太過亂來。酥癢的心情和愧疚之情就這麼混雜在艾倫的心中。

之後，當眾人各自尋找線索，艾倫看著整體遺跡，想到了一件事。

（這不是風化破壞，比較像遭遇暴風雨……）

剛才他們推測這裡可能發生過魔物風暴，那麼這裡也是受害地區嗎？

艾倫拜託亞克移動到殘存的石壁附近，這才發現上頭刻著從未見過的圖樣。圖樣已經受到風化所有缺失，石壁上也有傷痕，能辨識的部分已經微乎其微。這些圖樣都是精靈界沒有的。

巨木的石碑上刻著精靈語。艾倫原先還以為這整塊土地都和精靈有淵源，看來關係似乎不大。

（要是我當初多少學會一點考古學，現在或許就會知道些什麼了……）

其實艾倫也想看看人界紀錄的文獻，但倘若有那種東西，也會放在王室的圖書館或學院這類有專家在的地方吧。

既然精靈和王室素來不合，艾倫也無法請求協助。

（而且這座島離汀巴爾國很遠……）

汀巴爾實在不太可能擁有這座島的相關記述。

艾倫皺著眉頭，不斷發出思索聲。每當她如此，亞克都會在第一時間察覺，並撫摸艾倫的頭，打斷她的思緒。

亞克似乎不把遺跡放在眼裡，始終笑瞇瞇地看著艾倫。艾倫發現這一點，總覺得有些不自在。

（既然這樣，全看過之後再思考吧……）

艾倫一邊苦笑，一邊繼續探索。

後來他們在周圍探索了約兩個小時，卻沒發現任何線索。

*

當太陽開始下山，他們以念話呼叫彼此集合。集合後，詢問眾人有沒有收穫，但每個人都搖了搖頭。

「沒有什麼值得提出來說的。」

「就憑我們，根本看不懂數百年前的人類遺跡。」

大家都在嘆息之中這麼說著。

「看起來也沒有可疑人物，實在是傷腦筋……」

當艾倫詢問精靈當中有沒有誰知曉人類的歷史，卻被奧絲圖反問：「有那種傢伙嗎？」

「也對……我本來還想說，要是有知識的精靈……」

說到這裡，艾倫想起來了。不就近在身邊嗎？

「艾許特！」

以精靈魔法師的身分，在凡克萊福特擔任治療師的休姆。他是與索沃爾再婚的莉莉安娜的獨生子，現在可喜可賀成了索沃爾的義子。

當他們在公開場合跟所有人見面打招呼時，艾倫才知道，原來拉菲莉亞不知道怎麼跟休姆相處。

父母再次再婚，當拉菲莉亞聽說休姆會成為她的義兄，脹紅著臉大叫：「我才不會叫你哥哥！」眾人倒覺得這是個令人莞爾的回憶。

當時休姆也以滿面的笑容對拉菲莉亞說：「不能叫哥哥，應該要叫兄長吧？妳好歹也是貴族啊。」看來休姆也是個很有個性的人。

雖然是義親，對艾倫來說，休姆也算是堂哥。

而這位休姆的契約精靈——小白兔艾許特，就是智慧精靈。只要去問牠，或許會知道些什麼。

「我明天去一趟凡克萊福特，請他們幫忙。說不定會知道些什麼。」

「有人類跟智慧精靈締結契約嗎？真是稀奇。」

里希特的反應反倒讓艾倫感到訝異。

「這很稀奇嗎？」

「精靈城姑且也有這種精靈啦，可是要花一番功夫才找得到。他們平常都躲在洞裡，而且馬上就會溜走。」

「咦？……是嗎？」

艾倫陷入困惑，因為那跟艾許特給人的印象實在差太多了。聽說智慧精靈對求知非常貪心。

他們總會一溜煙就跑去收集情報，就算想仰賴他們的知識，也抓不到人。

「那隻小不點才不可能是這麼稀奇的精靈！」

見凡激動地呼出鼻息，奧絲圖似乎發現了什麼，不懷好意地笑道：

「怎麼？小不點對獨當一面的傢伙起了競爭心嗎？」

「那隻死小不點，居然說他比吾還要毛茸茸！」

回想起當時，凡的怒火也跟著復甦，全身的毛都豎起來了。

「凡已經很毛茸茸了，不過艾許特的毛很輕柔，摸起來好舒服！」

艾倫回想起艾許特柔軟的毛皮，不禁一臉陶醉。她的臉上寫著「希望見面的時候，能稍微摸一下」。

「公主顛下——！您這樣是花心——！」

凡的眼睛湧出了淚水。

「搞什麼，結果是毛皮競爭啊。」

奧絲圖厭煩地說著。甚至要求凡與其比毛皮，不如增進戰鬥技術。

「公主殿下的首席毛皮是吾！吾會為此不惜一切努力！那隻小不點才比不過吾！」

「好啦，煩死了。」

里希特在事情一發不可收拾之前，就不去管凡他們，對艾倫說道：

「那就拜託那個智慧精靈看看吧。」

「好。我明天就去凡克萊福特問牠。」

「我們要是有在精靈城抓到智慧精靈，也會問問看。畢竟光憑我們幾個，根本不懂人類的習慣。我還會去查查發生過魔物風暴的舊地紀錄。」

因為這句話，艾倫才想到，汀巴爾的歷史應該也多少有用處。

「汀巴爾國遇過兩次魔物風暴，應該有紀錄。我明天也去調查看看。」

「好。那明天主要就是調查了，我們回精靈城吧。」

「好！」

雖然還有許多謎團，但有了下一步該怎麼走的線索，艾倫稍微鬆了口氣。

第四十五話　坦桑石的逸聞

今天艾倫在中午過後，和凡一同前往凡克萊福特。

昨天艾倫已經趁傍晚時，拜託凡先行告知，希望能空出時間，讓她跟休姆談談。

後來收到的回覆是沒問題，不過還附上一條賈迪爾想見艾倫的消息。

（是為了畫具嗎？還是定期聯絡？）

艾倫在凡克萊福特剛開啟一份新的事業。賈迪爾主動表示要提供協助，所以將部分事業以共同事業的形式推行。

賈迪爾過來時，艾倫總會收到他想見面的聯絡，但賈迪爾畢竟身上有詛咒，幾乎都是羅威爾前往接待。

艾倫向羅威爾報告昨天的調查結果後，一併說了要去一趟凡克萊福特，結果羅威爾也想同行。不過由於奧莉珍的身體到現在還沒恢復，艾倫也就拜託羅威爾還是謹慎起見，陪在奧莉珍身邊。

雖說還有凡他們在場，不過在沒有羅威爾陪同之下見賈迪爾的情況，自從之前她偷偷跑去見面那次後，就不曾有過了。

心。

（媽媽不知道要不要緊……？）

奧莉珍會反覆感到倦怠與疲憊。雖然庫立侖和列本都在一旁待命，其他精靈們還是很擔心。

羅威爾說過，奧莉珍從來沒生過病，因此眾人更是困惑不已。

現在倦怠淩駕了一切，讓奧莉珍沒什麼精神，不過只要羅威爾在旁邊，她就能放下心來，因此緊黏著羅威爾不放。大概是依戀人類的體溫吧。

艾倫的藥是人類用的，不一定會對奧莉珍這個女神有效。她原先是覺得跟精靈有關的事，就交給精靈處理，但什麼都做不到，卻是如此焦慮。

（媽媽就交給爸爸吧。我現在得做自己該做的事。）

平常陪在身旁的羅威爾一不在，倒讓艾倫感到一絲寂寥，不過平常她總嚷著要讓孩子獨立，首先自己必須學會不依賴父母才行。艾倫如此激勵自己。

＊

當艾倫和維持獸化型態的凡一同轉移到凡克萊福特家的大廳，羅倫、凱以及幾名女僕已經在那裡等待，並對著艾倫低頭行禮。

「我們久候多時了，艾倫小姐。」

「大家好！」

艾倫問好後，所有人也笑著回應。接著羅倫往前踏出一步，說出行程。

「艾倫小姐，殿下稍後將會來訪，您要怎麼安排呢？」

「在殿下來之前，我想跟休姆聊聊。」

「好的。休姆少爺尚未前往治療院，我們這就請他去會客室。」

羅倫一邊放鬆臉部肌肉笑著，一邊低頭致意。

「麻煩你們了。叔叔他們在工作嗎？」

「是的。老爺在汀巴爾城，拉菲莉亞小姐前往訓練場了。」

「這樣啊……」

現在是中午過後，艾倫原以為能和回來吃午餐的拉菲莉亞見面，看來她今天會在訓練場待到傍晚了。

羅倫精明地察覺艾倫想跟拉菲莉亞打聲招呼。

「小姐傍晚就會回來，您要不要一起共進晚餐呢？」

「嗯～……這個邀請是很有魅力，可是媽媽現在身體不舒服，要是不早點回去，爸爸恐怕會擔心，所以我今天辦完事就走。」

「這樣啊。」

看羅倫陷入憂思，艾倫有些慌了。

「等媽媽的身體恢復了，請務必讓我一起用餐。」

「小的會如實轉告拉菲莉亞小姐。」

兩人一邊聊著，一邊往會客室移動，這時女僕也帶著休姆來了。

休姆隔著茶几，坐在艾倫對面，露出輕柔的笑容。若是以前的他，絕對無法想像他會有這麼柔和的笑容。

他每天想必過著相當充實的生活吧。看起來充滿朝氣。

「嗨，妳今天怎麼來啦，公主殿下？」

「午安，休姆。我來是想拜託你一件事。」

「我有聽說令堂身體不舒服喔，是為了這件事嗎？」

「不是，其實我希望你叫艾許特來一下。」

「艾許特？」

休姆聽見這個意料之外的名字艾倫嘴裡蹦出，顯得有些訝異。

「對。我希望能藉助牠身為智慧精靈的力量。」

「原來妳想找的是艾許特啊……」

「不好意思。我可能會借用牠一整天，所以我是來跟你徵求同意的。」

「哎呀，看樣子事情不小……艾許特，過來吧！」

休姆一出聲呼喚，一隻嬌小的白兔便從半空中出現，輕輕落在休姆掌中。

由於牠是以背對艾倫的形式被召喚出來，並沒有察覺到艾倫的存在。

『啾？阿休，怎麼啦？』

艾許特用兩隻腳站立，動了動鼻子，歪著頭詢問。當休姆跟牠說「公主殿下有事找你」，並把視線放在艾倫身上後，艾許特這才「啊」的一聲發出大叫。

『公主顛下～～！』

艾許特一口氣從休姆手中跳走。艾倫在訝異牠竟有跨越茶几的跳躍力的同時，也張開雙手接住牠。

「艾許特，好久不見！」

『啾！啾！』

「呵呵呵，你今天也好好摸！」

『艾許我一直都很好摸喔。阿休也最愛艾許這身毛了。』

「我懂。好摸的毛就是讓人按捺不住！」

當艾倫順著艾許特的背摸到臀部，後頭卻傳出一道低沉的吼聲。

「你這該死的超級小不點！公主殿下心目中的首席毛茸茸可是吾啊！」

『噗──！艾許我才不是超級小不點！你才是小不點！』

「你說什麼，臭小子！」

為了阻止兩人開始爭吵，艾倫大叫一聲：

「凡！」

艾倫大聲斥喝，凡這才縮起倒豎的毛。

『你被公主顛下罵了！』

「唔唔唔唔……」

「凡，不行喔。」

艾倫此時看著身後的凡發怒，所以不會看見掌心的艾許特是什麼樣子。艾許特於是藉機不可一世地對著凡呼出鼻息。

「臭小子——！」

「凡！凱，把他帶出去。」

「遵命。」

「什……連你都這樣！喂，你幹嘛！住手！」

凱拉著凡的耳朵，隨後他的嘴巴靠近凡的耳際，不知說了什麼悄悄話。

說完，凡沮喪地垂落雙肩，緩緩往走廊前進。

「我是有點同情他，不過你們還是一樣有趣。」

休姆抖動著肩膀，呵呵笑著，艾倫見狀，感到有些愧疚。

「對不起。」

「不會，沒關係喔。我才該道歉，我們家艾許特失禮了。公主殿下被搶走，大精靈閣下才會生氣嘛。」

「討厭～～」

艾倫輕輕嘆了口氣，決定晚一點必須好好地說說凡不可。凱回來之後，說他已經叫凡在走廊罰站了，但艾倫卻能聽見利爪抓著門扉的聲音傳進來。

『公主殿下～～公主殿下～～請讓吾也進去吧……！』

凡失落的聲音從門的另一邊傳來。凱急忙前往走廊，叫他別抓門，結果兩人就這麼起了爭執。

「對不起，話題一直被打斷。我現在就說明我的來意。」

「公主殿下也真是辛苦。請說吧。」

「其實……」

艾倫大略說明了整件事。接著低頭請求，表示他們已經走投無路，才會想來借助艾許特的智慧。

艾許特回到休姆的大腿上，保持兩腿站立的姿勢，聽艾倫把話說完。

「艾許，你能幫他們嗎？」

『公主顛下，艾許我可能知道那個遺跡喔！』

「真的嗎！」

據說智慧精靈廣布全世界，他們會記下全世界的各種紀錄，然後帶回精靈界保管。

而這些紀錄也只有智慧精靈一族才能閱覽，艾許特表示，只要往來精靈界和那座島，應該就有辦法調查。

「我聽說就算在精靈城中，要拜託智慧精靈也不是一件簡單的事。你幫了大忙！」

「是這樣嗎？」

對跟艾許特締結契約的休姆來說，這句話或許出乎意料。

「在精靈城中，連要見到智慧精靈都很稀罕……大家反而很驚訝，居然有人成功締結契約了。」

「咦……」

『艾許我啊，很稀有喔！我是全族中，第一個跟人類締結契約的喔。』

「是這樣嗎！」

『嗯！』

看來休姆本身也不知情。不過他大概很開心被人當成特殊的存在，有些害羞地對著艾許特微笑。

「那我……還真是高興。謝謝你。」

『不客氣！艾許我最喜歡阿休了喔。』

「我也最喜歡艾許了喔。」

『我們一樣呢！』

休姆抱起艾許特，將牠放到臉頰旁。兩人互相磨蹭，確認彼此的心意。

見他們如此相親相愛，艾倫也欣慰地笑了。

艾倫也常和凡互碰額頭，所以她很清楚這種心情。

之後，他們約好明天會去迎接艾許特，艾倫便走出會客室。一走出去，就看見凡的耳朵和尾巴都無精打采地垂落，氣氛十分凝重。

「公……公主殿下……」

「真是的，凡。在我們需要艾許特的幫助時，請你不要惹牠生氣。」

「嗚咕……吾很抱歉……」

沮喪的凡依然垂著耳朵和尾巴。艾倫原本還不解他怎麼就為了這點小事沮喪，但既然凡如此氣憤，就代表對他來說，這是一件多麼無法退讓的事。

「凡你是我的首席毛茸茸喔。所以根本不必跟別人爭。」

「……您說的是真的嗎？」

「那當然！」

見艾倫如此斷定，凡的眼眶漸趨濕潤。

「公、公主顛下……！」

「你是在學艾許特嗎？真可愛。」

凡一邊叫著「才不素～～」，一邊用頭磨蹭艾倫，而艾倫也抱住他的脖子。

「這樣就和好嘍？」

「遵命。」

雙方互碰額頭，表示和好後，受不了凡的凱開始告狀：「這傢伙老是跟艾許特計較。」

「是這樣嗎？」

「就是這樣。」

「嗚咕……嗚咕咕……」

看樣子是說中了。

「凡，會跟別人計較，就代表……」

「代、代表什麼……？」

「這是多多少少認同對方的證據。」

艾倫說完，凡和凱同時發出「啥！」的聲音。不知道為什麼，連凱也備受衝擊。

「因為要是雙方差距甚遠，根本不會在意對方嘛。既然你很在意，就代表內心深處已經認同對方了。會想讓自己看起來比對方行，代表你察覺對方跟自己的高度相同，進而感到不安。所以才會想分優勝劣敗，好讓自己安心。」

這大概是所謂的生存本能吧。但他們現在畢竟處於需要仰仗對方的立場。

「是……是這樣子嗎……」

「凡你是我的首席毛茸茸，所以請你抬頭挺胸。不准再吵架了，好嗎？」

「好、好的。吾非常抱歉。」

艾倫一邊磨蹭，一邊把臉埋進凡的毛裡，凡這才心情大好，逐漸恢復正常。

「艾倫小姐，接下來那傢伙要來了，您打算如何？」

「那傢伙？」

「就是賈迪爾殿下。」

見凱泰若自然，艾倫不禁有些傻眼。

凡也好，凱也罷，他們在這方面實在很相像。

「不能用『那傢伙』稱呼殿下喔。我會保持距離跟他見面。」

「……請問我也能陪同在場嗎？」

「可以！」

聽了艾倫的回答，凱鬆了一口氣。

「吾也會一起喔！」

「大家一起見他吧。」

艾倫說完，凱和凡都點了點頭。

＊

艾倫等人目送休姆和莉莉安娜前往治療院後，便在會客室悠哉渡過，等待賈迪爾到來。

反正閒著也是閒著，艾倫決定跟羅倫還有女僕們一起開發新的點心。

其實在最愛吃點心的奧莉珍的幫助下，材料不足的植物經由艾倫的指示，已經成功孕育出來。簡直就是開外掛等級的手段。

凡克萊福特的氣候難以栽培香草和可可亞，所以現在種在精靈界，以掌管植物的弗蘭和奧布絲為中心，栽培點心的材料。

由於沒辦法上市流通，現在只會交給凡克萊福特家的主廚，當成食材處理。

為了防止食譜外流，外傳凡克萊福特的廚師們比王宮主廚的薪水還好。

艾倫提出的食譜都很籠統。女僕們將她說的內容記在紙上後，主廚們每天都為了還原食譜內容而努力。

在凡克萊福特，允許在供奉給奧莉珍和大精靈之前試吃，因此大家都會趁著艾倫來的時候，藉機問她有沒有新的食譜。

艾倫在提出食譜的同時，也會自己做蛋糕模具給他們。

「做可麗露如何？把砂糖、奶油、香草精加入牛奶中燉煮，冷卻後，倒入事先做好的雞蛋和麵粉混合成的麵團，睡一晚之後再烤……大概是這樣。」

不小心說得太具體了。不過她不知道材料的分量，只用一句「大概是這種感覺！」敷衍

過去，並使用能力做了二十個可麗露模具。當艾倫將模具遞給眼前的女僕，對方顯得非常感動。

「啊，做麵團時，在最後加入蘭姆酒，可能比較適合大人，香氣會很足……就是這樣！烤過後，周圍會變得很黑，不過裡面是濕潤又有彈性！」

「太棒了，艾倫小姐。我這就去告訴主廚！」

艾倫目送萌發使命感的女僕離去後，享用了今天的甜點。也就是羅倫泡的紅茶和磅蛋糕。裡頭加了檸檬皮，聞起來香氣十足。羅倫還說，晚一點蛋糕捲就會烤好了。

「多虧艾倫小姐，我們家的食譜被人稱作女神的食譜喔。」

「呃……爺爺，這是真的嗎？」

「當然是真的。」

羅倫呵呵笑著，艾倫卻覺得有些難為情。

（我沒臉說我以前是負責在旁邊看朋友做蛋糕，然後吃掉的人……）

艾倫在轉生前，以祖母為首，身邊有許多喜好烹飪的人。這些人常請她吃親手做的東西，因為她總是吃得津津有味。

而這些人送的食物就像可麗露這類小點，都是能在研究空檔享用的點心居多。艾倫還記得，她在頭腦因為計算疲累，想攝取糖分的時候，總會邊吃邊說好吃。

只要在一旁看親友製作，就能記得大略的製作方法，但因為她過去是個研究員，總會把料理當成科學思考。

一旦讓她掌廚，途中就會開始走偏，覺得只要這麼做，或許能做出變化。

（我從以前到現在是不是都沒變啊……！）

察覺自己毫無長進，艾倫不禁大受打擊。

最近拉菲莉亞愛上烹飪，開始會和主廚通力合作，把做好的點心送給艾倫。

就算跟她說好下次一起做，回過神來，艾倫卻總會變成試吃人員。

當拉菲莉亞笑著說，她很高興看艾倫吃得津津有味，艾倫便會順勢笑著全吃完。

除了點心，艾倫還教羅倫泡製印度奶茶。當時羅倫極為感動。說是從沒想過可以把牛奶直接倒入茶葉中煮開。

聽說現在成為女性為主的標準晚間飲品。

（粗略的做法都是我看人做過，然後憑感覺記下來的程度，其實我完全不知道分量……主廚他們有辦法重現，真的好厲害。）

正因為自己辦不到，艾倫才純粹對別人辦得到覺得感動。

主廚他們每天都在多方嘗試，製作出艾倫食譜的內容。

由艾倫試吃成品，以確認正不正確已經成了慣例，但艾倫不知道，她感動的模樣，恰恰激勵了主廚等人。

＊

當眾人聊著點心，正聊在興頭上時，女僕前來告知賈迪爾來訪，羅倫這才出去迎接。

艾倫原本也想出去迎接，卻被羅倫阻止，要她在會客室等候。

「艾倫小姐不能隨意接近殿下。殿下也說了，您不用出去迎接。」

「我知道了。」

艾倫想起賈迪爾以前總想靠近自己，現在這樣倒是有些訝異。

在學院的時候，賈迪爾曾送慰問禮品給昏倒的艾倫，所以艾倫知道賈迪爾也在學院，但現在想想，他們當時卻一面也沒見過。

（我還以為是被爸爸擋在門口進不來……難道他從那個時候起，就已經在替我設想了嗎？）

在菲爾費德的時候，賈迪爾也確實和她保持距離。

決定要守約的是艾倫自己，但她曾經好好看過賈迪爾這個人嗎？

（我明明說會聽他說話……卻好像沒好好跟他聊過。）

艾倫記得在前往菲爾費德前，他們有聊過幾句，但之後發生了太多事，就沒有聊天的閒暇了。

簽訂新契約的時候也是，只說了業務上的事項。之後，羅威爾就一直站在賈迪爾和艾倫之間，結果也沒說到話。

（今天……能不能稍微聊聊呢？）

艾倫一邊想著，一邊等待羅倫他們帶領賈迪爾過來。

賈迪爾在羅倫的帶領下來到會客室，他身後的隨從是勒貝，不見總是一起行動的另外兩個人。不知道是在外頭待命，還是個別行動了？

「好久不見，殿下。」

「艾倫，好久不見了。我很想妳喔。」

艾倫以淑女之禮恭迎賈迪爾，賈迪爾見狀，開心地笑著這麼說。

但聽到「想妳」一詞，卻讓艾倫陷入困惑。因為她並沒有什麼特別要緊的事，要見一個被詛咒的人。

（這是社交辭令吧？）

「呃……我也是？」

艾倫知道這種時候就算用演的，也要笑著接受並回答。但從她嘴裡說出的話卻毫無感情。

「噗嗤！」

「……勒貝。」

賈迪爾一臉複雜地責備勒貝的態度。

「非常抱……噗嗤。好久不見了，艾倫小姐。」

「好久不見。平常都是家父與兩位交談，今天只有我一個人，還請包涵。」

「別這麼說！殿下知道今天您在場，開心得靜不下……好痛！」

「不必多嘴。」

賈迪爾害羞地踢了勒貝的脛骨，然後就這麼不管痛得無法出聲的勒貝，順著羅倫的帶領，來到離艾倫最遠的沙發坐下。

艾倫看了，也坐回沙發。眼裡噙著淚水的勒貝則是一邊苦笑，一邊站在賈迪爾身後。

賈迪爾以眼角看著羅倫沏茶，並開口：

「羅威爾閣下不在，還真是難得。」

「家母身體微恙，所以謹慎起見，家父在一旁照料。」

聽到艾倫這句意料之外的回答，賈迪爾不禁慌了。

「呃……令堂不是……不是女神嗎？」

「是的。」

「原來女神也會身體不舒服……啊！沒事，我很抱歉。」

賈迪爾逕自理出結論，又逕自道歉。見賈迪爾如此忙碌，艾倫不禁笑了。

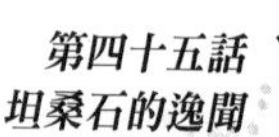

「呵呵呵，我們也會覺得身體不舒服喔。」

「我怎麼會說這麼理所當然的話……真的很抱歉。我有聽說妳來學院也昏倒了，已經不要緊了嗎？」

「那是一年以前的事了吧？」

「也對……」

賈迪爾失落地低頭，卻讓艾倫困惑不已，她搞不懂賈迪爾到底想說什麼。

（到底是怎麼啦？）

艾倫本以為賈迪爾會直接切入與事業相關的話題，沒想到他看起來卻像是為了閒聊，拚命思索著話題。

艾倫看著站在賈迪爾身後的勒貝不斷抖動雙肩忍笑的模樣，再看看賈迪爾，發現他的耳朵已經全紅，不禁歪頭。

（難道他發燒了嗎？）

「殿下也身體不舒服嗎？您的臉很紅喔。」

「咦！我嗎！我、我沒事！」

「呃……啊，好……」

賈迪爾慌慌張張的模樣，讓艾倫在驚訝之中，依舊給了回答。

這時一道噗哧笑聲從賈迪爾背後傳出，賈迪爾似乎也聽到了，他猛然回過神來，回頭瞪

著勒貝。

站在艾倫身後的凱和凡則是以冰冷的目光看著賈迪爾他們，但艾倫並沒有發現。

羅倫若無其事地靜觀一切，將蛋糕捲一一擺在茶几上。勒貝馬上試毒，接著讚嘆：「真好吃！」

「謝謝您的誇獎。我會轉告主廚。」

「哎呀～好羨慕你們喔。其實我們每次來凡克萊福特家，大家都會用羨慕的眼神看著我們，因為可以吃到女神的點心。」

「呵呵呵！」

聽到對方毫不保留地誇讚，羅倫非常開心。但艾倫聽了，卻有些難為情。

（還真的叫女神的點心啊……）

點心本身真的會獻給女神，所以也不算說謊，但艾倫還是感到無地自容。

「勒貝，你可別全吃光喔。」

「什麼～？有什麼關係嘛。」

「你真的是在試毒嗎……？」

看賈迪爾傻眼還有勒貝調皮的模樣，艾倫不禁眨了眨眼。

「你們感情真好。」

「咦？噢，妳說勒貝啊？其實我們姑且算是乳兄弟。」

「正確地說，是我的弟弟和殿下是乳兄弟，不過舍弟跟著拉蘇耶爾皇子。所以殿下就順便算是我的弟弟了。」

「原來我是順便啊……」

勒貝隨便的態度，讓賈迪爾忍不住若有所思。

「原來是這樣啊。」

若是汀巴爾貴族，理所當然知道這件事，但艾倫卻不知道。這是羅威爾處心積慮不讓他們扯上關係的結果。

「如果艾倫小姐對殿下有任何疑問，小的願意知無不答喔！」

勒貝看準時機，主動上門推銷，使得一旁的賈迪爾語無倫次地說著「笨……你等……別鬧……」。但艾倫不顧賈迪爾的反應，發出「嗯～」的聲音，認真地思索著。

「那麼，殿下有受不了的食物嗎？」

艾倫說完，賈迪爾和勒貝不禁面面相覷。他們似乎不太懂艾倫這話是什麼意思。

「……呃～這是在說殿下討厭的食物嗎？是青椒。還有，他小時候被魚刺卡過喉嚨，所以每當餐桌有魚，他都會防著那條魚。」

「那是以前了！現在我不是會吃嗎！我、我自認不會挑食！」

「您嘴上是這麼說，但我都知道，當餐桌上出現魚，您的眉頭都會皺起來喔。」

「唔……！」

被艾倫知道自己討厭什麼，賈迪爾的臉一片通紅。不過艾倫想知道的不是這種令人會心一笑的趣事，因此詳加解釋：

「呃，不是這種的……我想知道殿下有沒有吃了之後，會發癢或喘不過氣的食物？」

「什麼？是毒藥嗎！」

「不是毒藥，這叫做排斥反應……殿下有吃了之後，不知為什麼其他人沒事，自己卻會拉肚子的食物嗎？」

「嗯～……殿下說他最近不太能喝牛奶。」

「這點陛下也一樣啊……」

喝牛奶會拉肚子。艾倫想像那個腹黑陛下捧著肚子，痛苦得說不出話的模樣，不禁一臉於心不忍。

（好意外！不過這樣好難過……）

賈迪爾發現艾倫那雙同情的眼神，不禁感到有些難堪。

「……我是覺得不要讓別人知道比較好，但只有這件事無可奈何。是因為體質的關係嗎？」

「這是乳糖不耐症。殿下別吃太多點心或許比較好。」

「什、什麼！」

得知自己無法享用女神的點心，賈迪爾大受打擊。勒貝則是感嘆了一聲，並以憐憫的眼

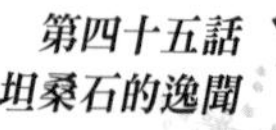

神看著賈迪爾。

「舉例來說，這個蛋糕捲中間的白色鮮奶油，就是牛奶做成的。要是吃太多，就會一直拉肚子。」

「是這樣嗎！」

勒貝聽了，佩服不已。

「艾倫小姐，您說……乳什麼？」

「乳糖不耐症。這是體內一種叫乳糖酶的酵素不足，無法分解牛奶中的糖分引起的現象。每個人隨著年紀增長，都會逐漸如此。相反的，可以承受乳糖的人，則叫做乳糖酶活性持續症。」

「艾倫懂得真多……」

當賈迪爾欽佩艾倫時，勒貝無視他的反應，說了一句：「要是殿下吃壞肚子就不得了了，所以給您的點心，小的會全部吃掉！」結果惹怒了賈迪爾。

「不准全部吃掉！我多少也可以吃一點才對！」

看到賈迪爾和勒貝的互動如此無拘束，艾倫忍不住笑了出來。

「對、對不起……呵呵……」

「你看，你害我被艾倫笑了啦！」

「還不是因為殿下您太執著於點心了！」

「那是你吧！」

「呵呵呵！」

當王族要參加餐會等活動時，都會告知要少用這類食材。但知道這會影響身體的人，在任職於王宮的廚師之中，也只有一小部分。

話雖如此，告知彼此關係緊密、往後還會經常往來的人，是理所當然的事。艾倫這麼問，讓賈迪爾不得不懷抱些許期待。

「艾……艾倫，妳這是在問我的喜好嗎？」

「咦？算是吧。」

「這、這樣啊！」

賈迪爾非常開心，不過艾倫並沒有其他意思。她想不通賈迪爾為什麼會高興成這樣。

「真是棘手呢。」

「……我現在切身明白羅威爾閣下以前說的話是什麼意思了。」

要是羅威爾在這裡，肯定會說：「艾倫是隻呆頭鵝！這種話不管用啦！」

艾倫無視他們兩人說著悄悄話，逕自切入主題。

「對了，殿下今天來這裡是為了什麼事？」

「啊……對了。我今天從王都帶著三名圖書館員，把他們介紹給治療院的人了。」

「介紹圖書館員嗎？」

艾倫聽了才知道，有個十歲的男孩子在治療院住院治療，為了解悶，所以給他蠟筆畫畫。不過他幾乎沒聽過畫家教學，一下子就學會怎麼畫畫了。

男孩畫的畫並非憑空想像，而是靜物畫，不過畫得非常精巧。

「是照相寫實主義？」

「照相……？艾倫真的是什麼都知道耶。」

那是擅長極度細緻描寫的繪畫手法。不過這是相機普及之後才被確立的流派，一般來說，都是依賴照片創作。

圖畫是一種象徵當代流行的藝術，若不被大眾喜愛，就賣不出去。在這樣的風潮中，那個男孩就像被某種東西附身，一心畫著精巧的畫作。

「我把那孩子的畫拿去展示，結果感興趣的不是畫家，而是圖書館員……」

「他們想委託刊載在字典上的圖畫嗎？」

「妳真清楚……」

賈迪爾和勒貝驚訝地瞪大了眼睛。

說到畫，大家理所當然會先想到油畫。畫家接到的委託，也幾乎都是貴族的肖像畫和宗教畫為大宗。

畫家這個行業在能力受到認可，並介紹給貴族，邁向出人頭地之前，都是一道難以穿越的窄門。

而艾倫在這樣的環境中，創造了蠟筆。以油畫為主流的畫布是帆布。但如果是蠟筆，不管是板子、布匹，甚至是羊皮紙都能作畫。

賈迪爾完全沒料到圖書館員會想要這樣的人才，但還是秉著「若能接上一條新的道路也好」的隨興心情，替雙方引介。

「說實話，我原本以為若是有會畫畫的人出現，我再介紹給畫家就行了。但王都多的是沒有工作的畫家，所以我一直在摸索會用到繪圖的新工作。」

「新工作……」

艾倫發出嗯～的聲音思考。但她不知道圖畫在人界扮演著什麼角色，所以首先問了幾個問題。

「這裡有招牌對吧？」

「招牌？」

「把文字設計成圖畫的風格，利用圖畫和文字吸引人們的目光，或是做成看圖說故事……」

「等……等一下，暫停！勒貝，幫我記錄下來！」

「好的！」

勒貝隨即拿出攜帶式紙張、筆還有墨水壺開始記錄。

等勒貝把剛才的點子寫完，賈迪爾才探出身子，要求艾倫繼續往下說。

之後，賈迪爾也詳加詢問「看圖說故事是什麼東西？」可是光靠比手畫腳實在難以說明，艾倫於是直接示範，結果說故事像在唸台詞一樣，惹得賈迪爾大笑。

艾倫沒有想到，這裡明明有繪本這種東西，卻沒有講述用的看圖說故事。

後來協商的結果，認為以教會為中心，孤兒院和學校應該會需要看圖說故事。

而艾倫討論的重點也不僅止於畫家，漸漸地轉移到蠟筆的便利性。

用慣而且熟悉油畫的畫家對蠟筆這種新東西很感興趣。能像木炭筆那樣，用來描繪油畫草稿，而且也不必用油溶解顏料，實在是方便得嚇人。

「培養畫家幼苗也很重要，但我認為能馬上獲得迴響的東西，比較適合拿來打地基。」

「妳的意思是？」

「要先推廣蠟筆的便利性。」

艾倫說著，便開始解釋蠟筆。

「蠟筆幾乎都是由蜂蠟所做。這就代表，用蠟筆畫完之後，再用熨斗加熱，就能固定在畫布上。或者，在作畫之前先加熱融解，就能做為顏料使用。不過延展性會非常差……」

「蠟筆連這種事都辦得到嗎？」

「是啊。蠟筆其實有很多用途。在製作蠟燭前，只要在蠟中混入些許蠟筆屑，就能做出各種顏色的蠟燭。有顏色的蠟可以當成黏土，用來製作雕刻，或是加入香料，做成薰香蠟燭……」

艾倫接二連三說出使用蠟筆製作商品的點子。

勒貝雖然迅速記下一個接著一個蹦出的提案，提案卻多到他自備的紙已經不夠寫，只能急忙請羅倫和女僕將宅邸備用的紙拿來。

＊

當艾倫結束所有說明，說了聲：「大概就這樣吧？」賈迪爾和勒貝這才感觸良多地說：

「我覺得好像把這陣子的煩惱一口氣解決掉了。」

「要讓眾人明白或許會花上一段時間……不過只要看板做得醒目，這些手法就會一下子傳開了吧？」

話說得太多了。時間過得比預料中還快，夕陽已經透過窗邊照進室內。

這時候，賈迪爾的胸針正好反射夕陽，直接射進艾倫的眼裡。

由於太過刺眼，艾倫在驚訝之餘，反射性低頭。羅倫立刻察覺，急忙拉起窗簾。

「爺爺，謝謝你。」

「非常抱歉，小的沒有及時察覺。小姐的眼睛還好嗎？」

「我沒事。」

艾倫笑道，羅倫也鬆了一口氣。

「艾倫，抱歉。很刺眼吧？」

「我只是嚇了一跳，沒事的。」

艾倫不知道是什麼東西反射了陽光，因此看向賈迪爾的胸口，只見他的胸前有一顆藍色的石頭。

「是胸針反射了陽光嗎？」

賈迪爾聽了，也低頭看自己的胸口。後來他甚至要把胸針拿下來，艾倫只好苦笑，說了聲：「請殿下不必放在心上。」

這時候，艾倫的腦中掠過某件事。

「藍色的石頭……」

「妳怎麼了？我、我還是拿下來吧？」

賈迪爾戰戰兢兢地問道。似乎是覺得自己冒犯到艾倫，完全靜不下來。

艾倫以細微的力量調查賈迪爾的胸針後，知道那是一塊大的藍寶石。那麼大一塊，應該非常昂貴吧。艾倫不禁佩服，真不愧是王族。

「那是藍寶石吧。」

「是……是啊，妳說對了。因為是藍色的嘛。」

「是藍色的……？殿下對寶石很熟悉嗎？」

艾倫對那樣的說法有些介意，忍不住詢問。

「姑且算是吧……該說從小學到大，還是必須學會這門知識……」
賈迪爾說得模稜兩可。當艾倫不解他為何如此時，賈迪爾卻直盯著艾倫。
「艾倫妳喜歡寶石嗎？」
「您說寶石嗎？嗯～要說喜歡是喜歡啦，但硬要說的話，我比較喜歡原石。」
「咦？」
「咦？」
聽完艾倫說的話後，賈迪爾愣在原地。艾倫也不知道自己是不是說了什麼奇怪的話，一臉呆滯。
「呃……我是說髮飾、項鍊或戒指這類的……」
「噢，是啊，我很喜歡這個髮飾！」
艾倫察覺原來是在說飾品，立刻炫耀自己中意的髮飾。
「跟妳的眼睛很像，非常適合妳。看起來彷彿會隨著陽光和時間變色的繽紛天空，很漂亮。其中紫色是最搶眼的。」
「謝謝殿下誇讚。這是神祕托帕石。殿下的胸針也……跟眼睛的顏色一樣呢。」
這下艾倫也終於察覺賈迪爾為何配戴藍寶石了。她一臉恍然大悟，讓賈迪爾的臉越來越紅了。
「為了送給女性，您才會這麼清楚吧！」

「有夠直接！」

勒貝忍不住口吐槽。賈迪爾卻不知為什麼，顯得很失落。

男性送出和自己瞳色相同的寶石，說白了，就是想讓本人知道自己的心意，同時也是對別人的牽制。

像這種場合，如果是貴族女性，就會若無其事出招，表示自己也想要那種顏色的寶石，誰知道艾倫卻沒有任何表示。賈迪爾很清楚，她的腦海裡，連「想要」的「想」字都沒浮現。

「艾倫妳……不想要寶石嗎？」

賈迪爾若無其事地刺激艾倫的物慾。

「寶石嗎？我不需要。」

「…………這樣啊。」

面對艾倫斬釘截鐵的答覆，站在背後的凱忍不住稍微抖動了雙肩。

凡卻是一臉不明所以地愣在原地，羅倫則是欣慰艾倫如此果斷，一臉祥和。

區區寶石，只要用艾倫的力量，就能輕易變出來，所以這也沒辦法。但賈迪爾他們不知情，也難怪會沮喪了。

「居然這麼棘手……」

勒貝不禁這麼呢喃。

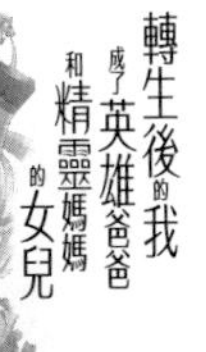

「對了，殿下。如果您熟知寶石，能請教您一件事嗎？」

「嗯？什麼事？」

艾倫一提問，賈迪爾便一臉開心地反問。艾倫不明白賈迪爾為什麼要將身子探得那麼出來，不過還是繼續說：

「您聽過坦桑石這種藍寶石嗎？」

「沒有……我第一次聽到這種寶石。」

在轉生前的世界，坦桑石這個名字也只有五十年左右的歷史。說不定他們是用原本的名字稱呼。

「那麼黝簾石呢？」

「黝簾石啊？藍色黝簾石的確比較罕見。我也沒見過。」

「如果這種寶石有什麼逸聞，殿下方便告訴我嗎？我想知道人界對這種寶石的看法。」

聽完艾倫說的話後，賈迪爾不知怎麼的，竟開始慌張。

「這是……怎樣？難道是在考驗小生嗎……！」

賈迪爾慌到下意識用「小生」稱呼自己。羅倫察覺這點，一臉尷尬。

賈迪爾陷入沉思，最後終於下定決心開口：

「我告訴妳之後……妳會給我什麼好處？」

「咦？」

沒想到賈迪爾會談條件，艾倫一陣驚訝，她身後的人們更是湧現緊張與殺氣。勒貝對此只覺胃痛，忍不住假咳兩聲。不過艾倫立刻回答：

「那就算了。我自己調查。」

「唔……拜託妳不要這麼說嘛……」

「咦～？」

賈迪爾感覺到艾倫有些不耐煩了，實實在在地陷入沮喪，但這樣反倒讓艾倫有點愧疚。

賈迪爾徹底敗北已成定局，凱他們都鬆了一口氣。

「藍色黝簾石是……那個……據說有精靈寄宿其中的石頭……」

賈迪爾難為情地越說越小聲。

「其實殿下以前想要藍色黝簾石……」

「不准說——！」

賈迪爾一邊吼著「你就愛多嘴……！」，一邊斥責勒貝。

「寄宿著精靈的石頭……」

艾倫聽完，意外地陷入沉思。

坦桑石是一種據說能控制周遭的力量，並淨化場地的石頭。

（那個石碑上的坦桑石就是魔素扭曲的原因……？）

現在聽說「寄宿著精靈」，艾倫這才想到了一件事。

也就是那棵巨木——跟榕樹有關的事。

（寄宿著精靈，樹……）

想起那些與精靈有關的符號，艾倫呆愣在原地好一陣子。她現在還是看不清事情的全貌，不過總覺得有東西連成一線了。

「艾……艾倫？怎麼了？發生什麼事了？」

賈迪爾這道憂心的聲音，讓艾倫回過神來。

「對不起。不過多虧殿下，我好像有點懂了！」

「咦？懂什麼？」

面對艾倫的轉變，賈迪爾一臉茫然，但艾倫無視賈迪爾的反應，立刻詢問賈迪爾想要什麼謝禮。

「咦？咦？」

「對了。爺爺，可以請你把點心打包起來嗎？還要準備保存用的冰塊喔！」

「好的。」

賈迪爾看著迅速做出指示的艾倫，這才回神發覺事情已經談完，急忙探出身子。

「如、如果妳願意致謝，我希望妳能實現我一個心願。」

「什麼？」

艾倫歪著頭，不懂賈迪爾怎麼突然這麼說。

「那個……妳能別叫我殿下，用更隨興的方式，叫我的名字嗎？」

「……咦？」

「叫我賈迪爾………………不然賈迪斯也行。」

最後賈迪爾小聲地表示要叫暱稱也行。

「賈迪爾殿下？」

「不要加敬稱。艾倫，妳是精靈公主，真要說的話，跟我的立場也沒差到哪裡去吧？我希望妳能更隨興地叫我。」

「嗯……」

「不行……嗎？」

賈迪爾由下往上，以失落的目光看著艾倫，艾倫見狀，竟不小心覺得賈迪爾很可愛。

要是羅威爾在這裡，一定會笑著介入，並說：「妳不用叫沒關係喔！」

（要是他有耳朵和尾巴，看起來一定更可憐。）

一想到這裡，艾倫不禁覺得好笑。

「謝謝你告訴我，賈迪爾。」

見艾倫嘻嘻笑著的模樣，賈迪爾單手摀著臉，低頭不語。他的耳朵一帶到脖子都是一片通紅。

站在後頭的勒貝輕聲呢喃了一句：「太珍貴了……」便抬頭仰天。

凱一臉大受打擊，艾倫卻無從得知。

賈迪爾回城堡之後，他的妹妹希爾看他滿臉傻笑的模樣，露出不解的神情，並拋出一句辛辣的言語：「王兄，您好噁心。」

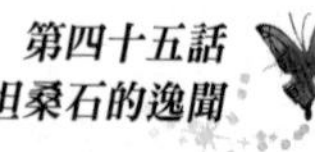

第四十六話　智慧精靈

這天早上預計要去調查那座島，艾倫、凡和里希特前去迎接艾許特。

當他們轉移到凡克萊福特家的大廳時，宅邸的人看到沒見過的人物，都有些緊張。

想想也是，因為是里希特抱著艾倫浮在半空中。

「大家好！」

「歡迎您來，艾倫小姐。我們久候多時了。」

羅倫往前一步，並低頭致意。

「里希特哥哥，這位是羅倫，我都叫他爺爺！」

「呵呵呵，承蒙艾倫小姐介紹，我是凡克萊福特家的總管，小姐口中的爺爺羅倫。還請您記住我。」

被艾倫以爺爺的身分介紹，羅倫的臉羞得鬆垮下來。

儘管表情看起來是個和藹的爺爺，卻又繃緊了神經，毫無可趁之機。雖然笑臉以對，雙眼卻銳利地品評里希特。

「嗯？哪個是名字？我叫你爺爺就行了嗎？」

「呵呵呵，沒問題喔。」

稱呼實在太多，使得里希特一片混亂，不過聽艾倫叫「爺爺」，他也就判斷其他稱呼不重要了。

「爺爺，他是里希特哥哥，是掌管光的大精靈。」

「我是艾倫的哥哥喔。」

「天哪。」

聽到哥哥兩個字，羅倫震驚地瞪大了一隻眼睛。艾倫見狀，在第一時間被嚇到，不過她馬上就知道羅倫誤會了，於是急忙訂正。

「他是媽媽創造這個世界的時候，一起孕育的其中一個大精靈。這關係有點複雜，不過姑且算是我的哥哥。」

「才不是姑且，妳就是我的妹妹啊。」

「哎呀哎呀，原來是這樣啊。」

「噢，我懂了。爺爺他誤會了是吧。從媽肚子裡生出來的只有艾倫喔。說我是媽的眷屬，人類應該比較好理解吧？」

聽到眼前這個人是創造世界時，一起孕育的大精靈，站在後方待機的女僕們始終吃驚地張著嘴，整個人僵在原地。

「那麼我可以把奧莉珍夫人創造的亞克大人跟里希特大人當成兄弟嗎？」

「噢，你知道大哥啊？亞克毫無疑問是我的哥哥喔。我是僅次於他的弟弟。」

「原來是這樣。艾倫小姐有很多手足呢。」

「幾千？幾萬？如果用兄妹歸類，的確很多喔。不過以地位來說，艾倫的哥哥只有我跟大哥。」

當艾倫心想「變成詭異的自我介紹了」，休姆正好從大廳的二樓走下來。

「妳好，公主殿下。你們馬上就要出發了嗎？要不要我呼喚艾許特？」

「休姆，你好！麻煩你了！」

休姆本想走完大廳的樓梯後，便呼喚艾許特。但在他走完階梯前，里希特突然轉移到休姆面前。

「！」

「哇！」

被里希特抱著的艾倫也一起轉移了。里希特抱著因驚嚇而摟住自己脖子的艾倫，以漂浮在空中的姿態，目不轉睛盯著休姆瞧。

「什、什……？」

就連休姆也忍不住驚訝，完全搞不清楚狀況。而艾倫好不容易才理解了狀況，主動向休姆介紹里希特。

「休姆，這位是我的哥哥里希特。里希特哥哥，他叫做休姆，是爸爸的弟弟的義子。」

「咦？羅威爾哥哥的……弟弟的兒子？」

「對。雖然沒有血緣關係，但算是我的堂哥。」

里希特對艾倫的說明感到佩服。

「哦，緣分真是神奇。就是你吧？跟智慧精靈締結契約的人類。」

「是、是的。」

「我是掌管光的里希特。是噢，這樣啊，就是你～～嗯，真不錯。好，做個記號吧。」

艾倫和休姆雙雙「咦？」了一聲。

里希特抬起沒抱著艾倫的右手，伸出食指輕輕碰觸休姆的額頭。

「呵呵呵，我做了記號，這樣應該會比較容易抓到智慧精靈吧？」

「里希特哥哥！你怎麼可以這樣！」

「咦？不行嗎？」

艾倫突然對著里希特發怒。這讓休姆感到不安，不知道自己是不是被做了什麼不好的事。

「什……什麼？我跟不上你們。我被做了什麼？」

「嗚……對不起，休姆。這該怎麼說……就像是……被抹上口水的感覺？」

簡單來說，休姆受到光之大精靈的加護了，但要是當場說穿，難保不會發生大騷動，所以艾倫才會簡化。

要是被人知道這件事，休姆恐怕會被監禁在女神神殿。教會除了信奉女神，還有白天或是光等各種信仰。

儘管里希特還在眼前，休姆依舊默默拿出手帕，擦了擦額頭。里希特見了，不禁大笑。

後來休姆馬上呼喚艾許特出來，然而艾許特一來就發現休姆受到光之大精靈的加護，不禁一陣盛怒。

『阿休！你花心！明明有艾許我了！』

「這是誤會啦，我對你一心一意啊！」

『噗！』

艾許特粗魯地呼氣。腳也不斷拍打地面發出抗議。牠的怒火太過旺盛，導致牠在激動之下無法冷靜。

「傷腦筋……艾許的氣就是不消。」

休姆嘆了口氣。雖想把艾許特交給艾倫，卻因為預料之外的事，惹得艾許特勃然大怒，談話也窒礙難行。

「不過就是做個記號，有什麼關係嘛。還不都怪你們愛跑。」

『噗！艾許我才沒有跑！艾許我說過，會好好幫助公主顛下！』

「那是你。可是你們一族真的很難找。要是需要的時候逮不到人，我們也傷腦筋啊。」

『噗——！』

咚咚咚！艾許特的腳不斷拍著地面。

這個記號只有大精靈能使用，不過極少用在中意的人類身上。

羅威爾也有受到奧莉珍的加護，大部分締結契約的精靈都會施加在人類身上，這是理所當然的事。

雖說就像塗口水，其實跟貴族把和瞳色相同的飾品送給意中人有同樣的效果。將這種記號施加在跟其他精靈締結契約的人上，就像艾許特所說的，是「花心」行為。

艾許特氣得直跺腳。大精靈的記號擁有很強的效力，身為普通精靈的艾許特根本比不過大精靈。

再這樣下去，可能會因為加護的關係，導致契約被強制解除。里希特是在威脅艾許特，要是不希望如此，就不准逃離他身邊。

休姆聽完解釋，極度傷腦筋。這時被里希特抱著的艾倫突然轉移消失，接著出現在里希特的正前方擋住他。

「里希特哥哥。」

「……怎、怎麼了嗎，艾倫？」

艾倫低沉的語氣，令所有人嚇得抽動肩膀，連身為光之大精靈的里希特也不例外。

里希特受到艾倫的氣勢壓迫，臉色越來越難看。

「人家已經跟其他精靈締結契約，你卻從旁介入，這是違反禮儀的行為。」

「嗚……」

「我沒想到里希特哥哥是會做這種事的人。」

「艾、艾倫……？」

艾倫那張認真的神色，讓里希特退後了一步。

「我對你好失望。」

「艾艾艾艾倫！」

「我討厭你。」

「討厭？」

艾倫這句話就像致命的一擊，里希特的臉色完全失去生氣。因為打擊太大，整個人僵在原地。

艾倫見狀，不動聲色地笑道：

「請你消除記號。」

艾倫頂著笑臉逼迫里希特。面對那份無法言狀的恐懼，所有人的背脊都是一陣涼意。

眾人都看得出來艾倫非常生氣。就連剛才氣得情緒激動的艾許特，也被艾倫嚇得渾身發抖，逃到休姆手中。

休姆也是第一次看艾倫這個樣子，完全藏不住心中的慌亂。

凡克萊福特家的人尤其清楚，惹怒艾倫的汀巴爾王族和貝倫杜爾家最後是什麼下場，所以更是怕得不敢呼吸。

生氣就笑。宅邸的人心裡都在想：身上果然流著凡克萊福特的血。

「嗚嗚……艾倫生氣了……好啦，對不起嘛。」

光之大精靈一邊頂著就快哭出來的臉，一邊就像擦拭髒東西一樣，用手快速抹掉休姆額頭上的加護。

艾許特立刻跳上休姆的臉，聞著他額頭上的氣味確認。

「艾……艾許，很癢啦。」

『阿休是艾許我的人喔！』

「嗯……呵呵！」

大概是聞完氣味，放下心來了，艾許特不斷舔著休姆的額頭。休姆癢得不斷扭動身體想逃開，看來雙方是順利和好了。

「嗚嗚……我被艾倫討厭了，我好像會關掉整個世界的光……」

「里希特哥哥，那太要命了，請你別鬧。」

艾倫厭煩地說了聲「真是的」，便抱緊里希特，並不斷磨蹭他。看來這邊也和好了。

「爺爺我要是被艾倫小姐討厭，一定受不了……」

羅倫感觸良多地說著，現場所有人無不點頭認同。

一行人終於帶著艾許特，首先返回精靈界。

乖乖在精靈界等待的亞克都等昏了頭，受到睡魔侵襲，正在打瞌睡。

里希特他們發現亞克就快睡著，急忙把他叫起來，往那座島出發。

＊

他們以前天行動的成員，再加上艾許特，就這麼轉移到島嶼上空。

或許是因為才剛過午後，太陽就在頭頂，非常耀眼。前幾天還有雲擋著，所以不怎麼介意，但今天是個大晴天。

里希特察覺艾倫因刺眼瞇起眼睛，對著天空揮動右手。

結果陽光就這麼慢慢減弱，開始轉陰。不過腳下茂密的森林卻因為強光，能清楚看出綠色深淺差異。看來里希特只弱化艾倫他們四周的光線。

「原來里希特哥哥還辦得到這種事啊？」

「妳是說只弱化這裡的光線嗎？這點小事很簡單啊。」

里希特表示這不是一件難事。真不愧是光之大精靈。

「謝謝哥哥的體恤。」

「不客氣。」

里希特剛剛還說，要是被艾倫討厭，就要關掉全世界的光，現在艾倫重新體認到，他那根本不是在開玩笑，而心生恐懼。

（揮個手就能調節陽光……）

要是里希特關起光線，人界將化為永夜的世界，不再有白天。

艾倫想像到時引起的災害，不禁渾身發抖。

一旁的亞克和艾倫完全不同，大概是在打瞌睡時被叫起來，讓他到現在眼睛都還睜不開，直打呵欠。

奧絲圖用眼角餘光看到亞克那副模樣，不禁傻眼地說：「你剛才又睡著了嗎？」

這個時候就能看出精靈和人類的價值觀差距。精靈的一喜一憂，將會帶給人界龐大的恩惠和災害。無論是哪種，常會演變成「做過頭」的程度。

艾倫使用能力時，也很難控制力道，總被羅威爾斥責太超過。這或許是擁有龐大力量的大精靈難改的本性吧。

在降落島嶼之前，艾倫決定先介紹彼此，並進行作戰會議。

艾倫把懷中的艾許特抱到正面，讓所有人看清牠，並做介紹。

「各位，今天要請智慧精靈艾許特幫忙，收集以遺跡為主的情報！」

『啾！我叫艾許特喲！』

艾許特不斷抽動鼻子，雖然被人抱著，還是豎起耳朵，環伺周遭介紹自己。

「智慧精靈很罕見耶。我也叫你小不點就行了嗎？」

『艾許我才不是小不點！小不點是他吧？』

「唔唔唔！吾在一邊不說話，你這隻超級小不點竟敢……！」

凡的態度令奧絲圖恍然大悟。

「噢，你就是小不點提過的超級小不點啊？」

『艾許我才不是超級小不點！』

「兩個小不點沆瀣一氣啊。」

艾倫一邊苦笑，一邊對奧絲圖說：

「奧絲圖是不是遇到什麼都叫小不點啊？」

「啊？是妳多心了吧？」

見奧絲圖一臉不屑，艾倫只能苦笑。

要是敏特在這裡，或許會說「經公主殿下這麼一提……」然後贊同艾倫的話。

「凡、艾許特，到此為止！」

『噗！』

「嗚唔唔……遵命。」

艾許特被艾倫抱著，保持浮在半空中的模樣，腳卻彷彿踢著什麼東西，不斷抖動。大概是下意識在跺腳吧。

艾倫從下方托著艾許特的身體抱住牠，並摸著牠的頭。艾倫盡可能抱住艾許特後，牠才終於冷靜下來。艾倫於是繼續說：

「請大家以艾許特為中心調查遺跡。之後再調查石碑。」

『啾！公主顛下想知道什麼？』

面對艾許特這道疑問，艾倫一邊「嗯～」地思索，一邊回答：

「我現在想知道的是……遺跡的時代、毀壞的年代、魔物風暴的影響，還有這些事情的關聯吧？」

「如果是魔物風暴的影響，我也調查過了，等一下告訴妳喔。一起比對之後，說不定會知道什麼。」

單手抱著艾倫的里希特一邊撫摸艾倫的頭，一邊說著。

亞克看著艾倫抱著艾許特摸頭，而里希特又抱著艾倫摸頭的景象，不知道想到了什麼，也摸了摸里希特的頭。

里希特和艾倫見狀，雙雙歪著頭，發出「嗯？」的困惑聲，奧絲圖看了，豪爽地發出大笑。

「母親，所謂的兄妹，就是這樣嗎？」

「啊——公主他們的感情可真好。我們家倒是一看到臉就開扁，不一樣的家，有不一樣的手足關係吧。話說回來，公主他們真的很像耶。從長相到行動都是一個模子刻出來的，笑死人了。」

「是、是這樣嗎？」

在一個意想不到的地方，被人說很像兄妹，艾倫不禁看著里希特和亞克。

亞克和里希特的長相和奧莉珍一模一樣。他們畢竟是奧莉珍的眷屬，相像是理所當然的事，不過艾倫也長得很像奧莉珍，所以在旁人看來，果然很像兄妹。

不管是轉生前還是轉生後，艾倫都是獨生女，本來不怎麼了解兄妹的概念，然而一旦察覺大概就是這種感覺，實感也就不斷湧現，讓她覺得有些害羞。

她還記得她一直很羨慕朋友經常抱怨兄弟姊妹的事。每當她聽朋友說跟兄弟姊妹的感情從一開始很好，逐漸變成漠不關心、過度干涉、劍拔弩張，她都以為手足是一種會逐漸疏遠的關係。

不過一問之下，艾倫得知她有很多兄弟姊妹。一想到那些還素未謀面的兄弟姊妹，她的心就狂跳不已，覺得很開心。

「嘿嘿嘿。」

「艾倫心情很好喔。」

「聽到跟兄長很相似，讓公主殿下非常開心。吾也沒有兄弟姊妹，所以很羨慕。」

凡欣慰地說著。

『沒有其他想知道的事了嗎？』

「這個嘛……等會兒想到了，再跟你商量。」

『好！艾許我會加油喔！』

「謝謝你。我們也會幫忙，要幫什麼儘管說喔。」

就這樣，艾倫等人開始調查遺跡。

＊

一行人抵達崩毀的遺跡後，艾許特從艾倫手中跳出來。

「啊。」

『艾許我這就開始調查！』

當艾倫聽見這句話的瞬間，艾許特的身影看起來就像消失了一樣。

「咦？」

艾許特「咻」的一聲，以驚人的速度繞著遺跡跑。時而像閃電一樣，突然改變方向，時而停下來，然後高高跳起，下一秒又繼續奔跑。

現在牠跳著旋轉一圈，繞著石像跑動，一刻也沒閒著。

正當所有人以為牠還真賣命，牠又像累了，躺在地上，不斷抽動鼻子，然後開始享用身邊的葉子。

艾倫和凡都看不懂艾許特這些行動有什麼意義，只能茫然地看著牠。

「超級小不點到底在做什麼啊？」

「呃……是累到肚子餓了嗎？牠正在大啖葉子耶。」

艾許特沒有散發出使用魔法的氣息。牠的行動看起來只像是兔子特有的動作。

這時候里希特回答了艾倫和凡的疑問。

「牠就是用那種方式在調查啦。好像只要聞味道或用腳踩，就會知道一些事了。只要東西吃下肚，智慧精靈就會知道成分。而且他們的移動速度總是這麼快，所以實在很難逮到人。」

里希特抱著艾倫，依舊靈活地聳了聳肩。

如果能操控風或水，阻斷他們的逃亡路徑，那倒還好，但如果只有光，實在過於不利。

或許就是因為這樣，里希特才會不惜做記號，也想逮到人。

（可以利用閃光閃牠的眼睛……這種話我還是別說了吧。）

否則艾許特就慘了。

「我會透過休姆拜託艾許特，想找牠的時候，請跟我說吧。」

「可以嗎？」

「可以。我可能會因為工作碰不到，不過我會出入宅邸和治療院，有很多見面機會。」

「這樣啊。妳幫了大忙，謝謝。」

「哪裡哪裡。」

要是光之大精靈直接前往凡克萊福特家，搞不好會引發騷動。

（這樣叔叔的心會更累……）

之前楚出現在治療院，結果被患者看到也是如此，凡克萊福特擁有諸多親近精靈的傳言，已經以訛傳訛了，信仰雙女神的教會也已經盯上這裡。

要是再被人看到這個地方有光之大精靈，那可不是大騷動就能解決的程度。

更別說前一陣子，凡克萊福特才出現了卡爾這個新的精靈魔法師。現在外界甚至瘋傳，凡克萊福特受到精靈的加護。

（該怎麼說呢？好像慢慢變成觀光勝地了……）

有了精靈魔法師，治療院和教會之間，有著切也切不斷的關係。因為這份關聯，有許多人一邊祈求神明，一邊前來進行治療。

而凡克萊福特可以親眼見到這些人事物。艾倫他們給予因此聚集而來的人們職業後，人口就這麼持續增長。

最近甚至有人在說，凡克萊福特是不是比王都還要繁榮？

艾倫只能在心中默默向索沃爾道歉。

*

艾許特初步調查完後，不知道是不是累了，整副身體懶洋洋地趴在地上。

「艾許特，你還好嗎？」

艾倫擔心地問道，艾許特的耳朵隨即抖動了一下。

『艾許我查好了喔。可是累了。』

「好，請你慢慢休息吧。」

『嗯。』

在艾許特調查的期間，奧絲圖和凡在周邊探索有沒有其他人，亞克調查魔素的狀況，里希特則是把關於魔物風暴的影響告訴艾倫。

「有留下紀錄的是魔物化的動物們的動向，和對周圍的影響。先稍微複習一下魔素吧。」

「好。」

「魔素就像河川流水一樣，有一定的流動方向。一旦淤積，濃度就會上升，變成激流，然後氾濫。動物們會被捲進其中，一起被沖走。就跟洪水一樣。」

艾倫很佩服「風暴」這個命名。因為狂暴化的動物們離去後的景象，就像暴風雨過去後那樣。

「我不知道這是不是被大哥的力量影響，不過淤積的魔素，會為了尋求出路，硬是往前流動。那股力量與動物們擁有的魔素——也就是核心融合，然後失控。我們本來就有力量，所以某種程度的魔素影響不到我們，但這個世界的一切，都是媽以魔素為基礎創造的，所以會受影響……這座森林也是。」

里希特環伺四周一圈。這座蓊鬱的森林，確實受到魔素的影響，變成一片叢林。

未受人類和動物們影響的森林，看準了這裡沒有天敵，盡情地紮根，枝葉也往天上伸展。

「狂暴化的動物們會隨著魔素的流動前進，破壞、吞噬路途上的所有東西。如果是像這座島這樣封閉的地方，會發生更徹底的融合效果。就像妳說的蠱毒那樣。」

「難道……真的變成那樣了？」

狂暴的個體與更狂暴的個體互相殘殺，然後融合，最後逐漸變成一個個體。艾倫在腦中想像了那副模樣，不禁害怕地發抖。

「植物會像吸收營養那樣，吸收魔素成長，這座森林之所以這麼茂密，就是當時受到魔素的影響吧。」

艾倫聽到這裡，腦中浮現一道疑問。受到魔素影響的東西，最後會怎麼樣呢？

如果沒有亞克，他們要如何消化魔素？

這座島的模樣就是寫照。島上沒有動物的身影，也沒有那個留到最後的個體。只有一片蓊鬱的森林，和那棵奇妙的巨木。

「……里希特哥哥，如果被魔素侵害的動物們死掉了，那麼那些魔素會怎麼樣呢？會受到解放，然後繼續淤積，變成新的原因嗎？」

「咦？」

聽到艾倫的問題，里希特不禁發出疑惑。當他因為自己沒想過這種問題，歪頭思索時，亞克正好回來，里希特於是叫了他一聲。

艾倫再次對亞克拋出剛才的問題，他這才比手劃腳開始解釋。

「死掉、魔素、跑到、上面。」

「上面嗎？」

「對。到了、世界的頂端、再、落到、新的土地。這就是、制約。」

亞克指著上方，表示魔素再來會像雨水一樣落下。

（就像上升氣流一樣……）

當艾倫心想，這和雲朵產生是相同的原理時，里希特喃喃說著：「原來如此。」

「所以殺死發狂的動物們是最快的辦法，是嗎？」

說來也巧，人類行使的手段就是上策。魔素飄到天上後，會往新的土地流動，藉此分散這一帶的濃度。

奧絲圖轉移到該物的前進方向，「喝！」地大聲喝道，就往地面捶了一拳。

「母、母親！」

大地隨即發出轟轟地鳴，就這麼裂開了。

「呃……咦咦～～……」

「母親……請妳不要凡事都想用拳頭解決……」

艾倫和凡發出困惑的聲音。接著奧絲圖抓住在地上爬的東西，就這麼拉起來。

「喝啊啊啊啊！」

奧絲圖拉起的東西扯破了地面，現出原形。那是樹根。

「咦……樹根？」

奧絲圖抓起的樹根狀物體，在拉扯之下，逐漸往本體延伸。

樹根不斷露出地表，就這麼一路延續到原本纏繞在已毀遺跡上的樹藤。

「不會吧……怎麼會……」

艾倫茫然的聲音傳遍現場。

沒有動物的理由。被植物捏碎殘留的骸骨。這些都顯示動物們已經被這座島的植物吞噬成養分了。

此時一陣風吹來，搖晃枝葉，那聲音在艾倫聽來，已經化作無法言喻的恐懼之聲。

「各位，先到空中去！」

叫。

「好喔。」

奧絲圖一邊使力扯斷樹根，一邊回答。

艾倫等人利用轉移，立刻逃出現場，但當艾倫看見留在奧絲圖手上的樹根，隨即發出尖叫。

「奧、奧絲圖……妳沒事嗎？」

「噢，這個啊？我把它扯斷之後，就靜下來嘍！」

奧絲圖咧嘴，開心地笑道，一旁的凡卻只是兩眼無神地若有所思。

里希特一同抱緊心生恐懼的艾倫和艾許特，然後緩緩遠離奧絲圖。

「為什麼啊？不要用那種眼神看我啦。」

見所有人都被她嚇得不敢恭維，奧絲圖不禁嘟起嘴巴，不過亞克卻興致勃勃地盯著樹根。

「你要嗎？」

奧絲圖把手上的樹根遞到亞克面前。當亞克以外的人都覺得，就算拿了那東西也沒用時，亞克突然用手指戳了戳樹根。

隨後，樹根發出「咻咻」聲響，並冒出白煙，然後一口氣枯萎。

「亞克哥哥，你做了什麼？」

「魔素、纏在一起。我解開了。」

亞克自信滿滿地說著。看他一臉得意，艾倫也識相地誇獎他，他更是喜形於色。

「這麼一來，就知道為什麼沒有動物了。」

「是啊，沒想到植物會攻擊動物。」

「原本應該可以根據巨木的行動，預測會發生這種事。對不起，我居然沒發現。」

艾倫一臉愧疚，凡卻出言安慰。

「公主殿下這是什麼話？任誰都無法想像會如此，這不是您該道歉的事！」

「就是啊，艾倫。普通人都料不到植物會攻擊動物吧？」

「是……」

話雖如此，她讓艾許特遭遇危險是事實。艾倫立刻就這件事向艾許特道歉，但艾許特只是歪著頭問：『公主顛下為什麼要道歉？』

『艾許我啊，調查之後覺得有蹊蹺，所以才會問它。結果就被攻擊了！』

「咦？問他？」

『嗯。我問這裡為什麼沒有動物，結果就被攻擊了！』

「呃……你問誰？」

『地面！』

「咦……？」

細問之下，才知道智慧精靈能以「對話」的方式，獲取世上所有事物的知識。

方法就是那個跺腳動作。

『只要用腳踏，馬上就會給我回覆！』

「……是用反射音或餘音調查嗎？」

『什麼意思？』

艾許特的鼻子「啾」了一聲，不解地歪著頭。由於本人聽起來就是在對話，牠實在聽不懂艾倫說的話是什麼意思。

（說不定是一種用腳踏出聲音之後，將反射回來的聲音以情報處理的能力……）

「艾許特好厲害喔。」

『是啊，艾許我啊，很厲害！』

「對，你很厲害。」

受到艾倫誇獎，艾許特豎起耳朵，用兩隻腳站立，催促著艾倫。

『再多說一點！』

「好厲害，好厲害！」

『啾啾！』

被艾倫誇獎，艾許特開心得不得了。艾許特這樣實在很可愛，艾倫忍不住撫摸牠的頭。

「公主殿下，意思是這一帶的森林在魔素的影響下，狂暴化了嗎？」

「嗯～……如果植物當中有做為本體的精靈，那倒是另當別論，但就算是受到魔素影

響，也難以想像會獨自發展出自我。有些植物確實有捕蟲習性，或許把眼前的現象視為那種植物的進化會比較妥當。」

『我跟妳說，公主顛下。艾許我啊，調查過了。我問它為什麼會壞掉？』

「結果如何呢？」

『那個啊，它說剛開始是因為魔素失控了。』

「果然……那是大概幾年前的事呢？」

『它說是大概一百五十年前的事！』

「年代也一致。」

與亞克被囚的時間重疊。

艾倫調查了汀巴爾國內發生了兩次的魔物風暴紀錄，不過第一次與精靈的事件有關，因此遭到隱蔽，沒能找到資料。

第二次則是羅威爾與奧莉珍解決的。後來只留下受災國家的復興紀錄，幾乎沒有當地情報。

因此汀巴爾的魔物風暴沒有多大用處，艾倫現在覺得有艾許特幫忙，真的是太好了。

艾倫接著細問詳情，艾許特也一一說出。

『剛開始啊，動物們突然發狂！可是這裡很小，所以大家開始打架。結果就壞掉了！』

「遺跡果然是因為魔物風暴毀壞的。」

『嗯！它說它當時受傷了，很生氣！』

「……誰很生氣？」

艾倫覺得艾許特說的話令人在意，不禁提問。

『很大的樹！』

「咦……」

樹生氣了？所有人都懷疑自己聽錯了。才剛說樹木有自我意志的可能性很低，但這座島卻存在擁有自我意志的樹嗎？

『那棵很大的樹啊，拜託在附近的石頭，說它想保護這裡。』

「很大的樹……難道是那棵巨木嗎？」

正因他們人在上空，才能看到那棵巨木就在腳下。當所有人將目光投射到那棵大了一號的樹木，艾許特大叫：『就是那棵樹喔！』給予肯定。

「附近的石頭……會不會是那顆藍紫色的石頭？」

因為凡的這句話，艾倫感到腦中有某種東西連在一起了。

（兩者都有精靈寄宿其中的共通點，可是四周卻不見精靈的身影。）

所謂的精靈，基本上分成兩個種類。一是像奧絲圖這樣，由動植物昇華成精靈；二是像亞克這樣，由奧莉珍創造，掌管根源的大精靈。

當前者從精靈昇華為大精靈，就能變成人形。

奧莉珍孕育出的精靈，原本就掌管著巨大的力量，所以她一開始就只創造出要成為大精靈的人形精靈。

這就像從主幹分出枝葉那樣，由此孕育出成為眷屬的屬性。接著就像開花結果，接二連三孕育出子嗣。

身為父母的大精靈會給予這些子嗣做為眷屬的力量與加護，使之昇華為精靈，進而管理世界。

（不是那棵樹，就是那顆石頭……又或者，可能有個個體成了精靈。而那個精靈在魔物風暴的影響下，發生了什麼事……）

艾倫嚴肅地思考著，所有人只是默默看著她。

過了半晌，艾倫總算發現周遭的狀況，不禁慌了手腳。

「啊！對、對不起，我一頭栽進自己的思緒裡……」

一旦艾倫陷入沉思，就會看不見周圍。

「沒關係喔。羅威爾哥哥跟我說過，要是妳開始沉思，就不要打擾妳，讓妳安靜地想。」

里希特伸出單手，豎起食指後放在嘴邊，並對著艾倫拋媚眼。

「謝……謝謝你們。」

儘管內心困惑，艾倫還是愧疚地道謝。這時里希特又說出羅威爾的其他吩咐。

「另外還有啊，艾倫一旦像這樣陷入沉思，就會看不見周圍，所以要抱著妳，絕對不能讓妳離開視線。我現在知道為什麼了。」

「嗚嗚……」

要是視線不在艾倫身上，無法保證像剛才那樣被樹根襲擊的事態不會發生。

正因為真的發生了讓人心驚的事情，里希特才更同意羅威爾說的話。

「我真的不敢想，要是妳在我們不注意的時候，不小心出事會怎麼樣。所以我現在非～常了解為什麼要找好幾個人監視妳了。」

「唔嗚嗚……」

這下艾倫連藉口都說不出來了。因為這都是自己以前惹出來的好事。

她必須重新體認，旁人對她過度保護的原因就在她自己身上。與其催促羅威爾讓孩子獨立，她首先必須獨立——艾倫如此下定了決心。

「我無話可說……嗚嗚……對不起。」

「妳不用這麼沮喪啦。反正有我們看著，妳想怎麼做就怎麼做吧。」

里希特笑容可掬地戳著艾倫的臉頰。

「我現在稍微了解那傢伙為什麼會過度保護了。如果會發生這種情形，那我們的確要隨時看著公主。」

連奧絲圖都贊同。

眾口鑠金，大家都覺得只要事關艾倫，事態就會往預料之外發展。

但艾倫這時候想起一件事。她之所以會在這裡，原本就是因為雙女神的建議。

（換句話說，只要我來到這裡，就會發生某件事，所以要帶我來……？）

說要找艾許特幫忙的人，確實也是艾倫。雖然為時已晚，艾倫現在才開始懷疑自己可能是麻煩製造機，而有些消沉。

『公主顛下，妳知道什麼了嗎？』

「啊……對。我認為巨木或是石碑可能原本有個精靈寄宿其中。」

「精靈？是一開始說的那個嗎？」

「對。可是我們找不到精靈，所以我還以為是我想太多了……但聽了艾許特剛才說的話，我想可能就是那個精靈受到魔素影響了。」

「的確……」

既然動植物會受到魔素影響，理論上，精靈也會受到影響。但純粹只是精靈比較能夠承受。

要是足以引發魔物風暴的魔素正面侵襲精靈，精靈也無法全身而退。

「如果精靈受到魔素影響，結果會怎麼樣？」

緊張的氣氛充斥在周遭。大精靈們的表情都非常嚴肅。奧絲圖夾雜著嘆息，首先開口：

「跟動物一樣。我們也會被支配。只不過我們耐受度比較強，要累積相當大量的魔素才

會如此。」

「如果是在人界的普通精靈，像魔物風暴那麼龐大的魔素就很夠了。不過精靈能敏銳感覺到這種現象，應該會在被影響之前逃走吧？」

里希特補充說道。

聽到精靈會逃走，讓艾倫想起了汀巴爾王族的詛咒。

所謂的精靈詛咒，追根究柢，其實是順勢利用大精靈的力量，將靈魂之力化為詛咒。

（總覺得這兩種東西好像……）

圍繞著汀巴爾王族的詛咒，就某種意義來說，或許就像魔物風暴這樣的現象吧。

「要是那棵巨木向石頭許願，希望保護周遭，因此留在這裡，受到魔素的影響，結果失去本性……那麼這裡有精靈存在的可能性果然很高。」

事情到了這個地步，接下來要調查的地點也就不言而喻了。

「走吧，到巨木底下。」

艾倫說完，里希特等人默默點了點頭。

第四十七話　被囚禁的記憶

一行人一抵達巨木，亞克馬上調低周遭的魔素濃度。里希特評估時機後，逐一切除包圍巨木的樹木和樹根。

這畢竟是第三次了，他們兩人都做得很順手，不過這次巨木被周遭樹木包覆膨脹的情形，比亞克他們第一次來的時候還要嚴重，因此多花了一點時間，才將中央的石碑清出來。

「乾脆整個轟掉不是比較快嗎？」

嫌麻煩的奧絲圖這麼說。看來她的手很癢，迫不及待想拔劍。

「母親……妳就是這樣，才會老是被女王陛下罵。」

「啊——煩死了，吵死了——」

奧絲圖和凡互相打鬧，艾倫倒是思考著為什麼不能使用奧絲圖所說的辦法。

之所以不這麼做，和剛才亞克解釋的魔素循環有很大的關係。

要是把這一帶化為焦土，因此昇華的大量魔素將會一口氣釋放到天上，然後降下地表。

（就像酸雨一樣……要是世界各地都降下那種東西，發生的大大小小影響將會是世界規模。所以媽媽才會說不行吧。）

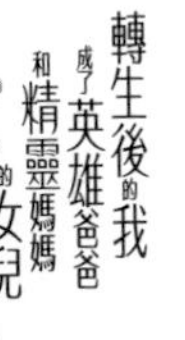

要是變成那樣，對管理世界的人們來說，一定是個大麻煩。更何況，要是有人以「管理世界的人怎麼能反過來搗毀世界」彈劾，那就玩完了。

「可是啊～這傢伙一直都在睡覺，我也想偶爾用用他啊。」

「母親妳只是想耍劍吧？不是才剛跟妳說過，不能叫醒這把劍嗎？」

「……在睡覺是什麼意思？」

艾倫在奧絲圖和凡的對話中，發現耐人尋味的字眼，不禁開口詢問。

奧絲圖和凡都一臉詫異。但這也難怪，畢竟這段對話前天也在這個地方說過。只是艾倫當時正好陷入沉思，沒有聽見。

「我沒說過嗎？就是這把劍，他在睡覺。」

「劍在睡覺？」

「公主殿下，母親的這把劍是精靈喔。」

「什麼！說仔細一點！」

見艾倫興致勃勃，他們兩人都很驚訝。

奧絲圖的劍雖說是陷入沉睡的精靈，卻沒有自我。劍會在出鞘的瞬間醒來，然後吸收使用者的力量，放大好幾倍後釋放。

「那為什麼會叫他精靈？」

「嗯……應該是因為他有生命吧？」

「因為有生命……？」

當艾倫心想「這是什麼意思」時，凡表示：「其實這把劍會成長。」

「成長！嗚嗚嗚……我開始混亂了！這把劍跟樹木不一樣，不只沒有呼吸，也不會說話對吧？」

「樹木？也對，是很像樹木。」

雖然不會說話，卻有生命，所以會成長。奧絲圖說的話就是這個意思，卻把艾倫推向更混亂的漩渦之中了。

這時候結束作業的里希特回來了。

「久等了……呃，妳怎麼啦，艾倫？」

「我聽說奧絲圖的劍是精靈，可是這把劍是怎麼活著的呢？」

「咦？」

「這是一把劍吧？」

艾倫興致勃勃地詢問能不能調查。她本想以自己的力量調查劍的構造，里希特卻苦笑著阻止她。

里希特大概是覺得一旦艾倫對別的東西有了興趣，有再多時間都不夠用。

「那把劍是經過加工，不過時間也因此停止的精靈喔。」

「咦……？」

里希特似乎是明白艾倫困惑的癥結點了，於是開始解釋：

「我們精靈不是可以簡易分成兩個種類嗎？野獸或植物化為人形的精靈，還有本來就是人形的精靈。」

「對。」

「其中植物和礦物，有時會經過人為加工。可能是即將幻化為精靈的東西，可能是人類發現了有力量的精靈的原型物品，然後進行加工，這麼一來精靈就會被困在裡面。」

「還有這種事……？」

「人界偶爾會出現這種東西喔。妳在人界有沒有聽說過類似『只要拿著這顆寶石，幸運就會降臨』的話？強而有力的裝飾品都像我剛才說的那樣，是被封在物品中的活精靈。」

就算是這樣平凡無奇裝飾品，本來也是存在於人界的精靈，就算經過加工，也不會有多少力量。

但奧絲圖的劍卻不一樣。

「這傢伙是違背世界制約的大精靈後來走上的末路。」

聽到這樣爆炸性的發言，艾倫這次真的愣在原地了。

「世界的……制約……？」

「艾倫，我們基本上只能掌管一件事情對吧？」

「對……沒錯。」

「能當作例外的，就是還掌管其他屬性的人。羅威爾哥哥和妳就是代表喔。」

「意思是……我們有身為人類的屬性，以及身為精靈的屬性嗎？」

「妳說對了。而妳甚至多了一個女神的屬性。」

「呃……」

「媽是女神，羅威爾哥哥是人類和精靈。其中，女神這個屬性非常特別，如果沒有什麼特殊的作為，根本無法繼承。」

所謂特殊的作為，到底是什麼呢？里希特並未注意到愣在原地的艾倫心中的動搖，繼續解釋：

「我們理所當然只能使用自己掌管的屬性的力量，不過另外還有個世界的制約。這是為了防止我們做出危害世界的行為。」

這件事奧莉珍以前也解釋過。

就是當艾倫提議，既然亞克掌管魔素流動，乾脆停止流動的時候。一旦魔素停止流動，世界就會死滅。為了防範未然，亞克無法停止魔素流動。

奧莉珍說，這就是世界的制約。

而奧絲圖的劍，就是將企圖打破制約的危險大精靈，以封印的形式加工成道具，是為「精靈的末路」。

艾倫在接受教育的時候，曾受過「要是做了危險舉動，就會被抓起來封印」這種模稜兩

可的解釋。

她當時反射性以前世的記憶想像了一間獨立房間，以為會將身為精靈的力量封印在那裡，完全沒想到竟是加工後封印。

因為具備轉生前的常識，使得艾倫莫名博學。因為如此，學習這類精靈界的常識時，旁人總會認為似乎沒有這個必要，就簡單帶過。

「我第一次聽說！」

「咦？我知道了～負責教育妳的人是羅威爾哥哥吧？既然這樣，他是不是只教人界的常識啊？」

「奧莉珍女王說過，等公主殿下的力量覺醒後再教就行了！」

「原來媽媽才是最根本的原因！」

「對了，女王的確說過。公主的力量還沒控制好什麼的。應該是想等控制好了再教吧？」

「像這種事情，我希望可以事先告訴我！」

「公主，會不會是妳懂很多事情，所以大家覺得妳都知道啦？」

「咦咦咦——！要是等出事就太遲了耶！」

艾倫仰望天空，決定回精靈城後，要開始用功了。

現在就是如此。正因為她現在明白那把劍的由來，才想通了一件事。

「要是我一開始知道這件事……！雖然只是推測，但我大概知道這座島發生過什麼事了。」

聽見艾倫這麼說，所有人都是一臉疑惑。接著艾倫舉步移動到石碑前。

眼前這塊石碑中，鑲著一顆坦桑石。假設這就是剛才大家說給她聽的加工精靈，線索就全部連起來了。

「這棵樹是榕樹……這棵據說寄宿著精靈的樹，也受到魔物風暴的影響，是一個被囚禁在加工這道枷鎖中的精靈。」

「不會吧！」

聽完艾倫的話，里希特發出驚愕。不過如果真的受到加工，那他就能明白為什麼會找不到精靈了。

「寄宿在榕樹下的精靈，我猜應該跟沉睡在這底下的人締結了契約。契約者死後，精靈還是一直守護著他……」

艾許特馬上動手調查，結果證實艾倫說的沒錯，這塊石碑是大約兩百年前的墓碑。

「精靈一直持續守護著這裡，沒想到後來卻遭到因為魔物風暴而發狂的動物們破壞。精靈沒有逃走，試圖守護這塊墓碑，卻因此整個人受到魔素影響。」

但只有他一個人，實在無力守護墓碑。所以他求助墓碑那塊石頭中，經過加工而沉睡的精靈。

「兩股力量產生加乘效果，使得這座島的植物都被洗腦了。只要驅除可能傷害墓碑的動植物，就沒有敵人了……然而，因為深受魔素的影響，這個精靈的意識被塗改成只有守護墓碑這件事。」

當艾倫仰望著石碑，那顆坦桑石就像肯定艾倫的言語，發出光芒。

「假設真的是這樣好了，那我們要怎麼解放這些扭曲的魔素？」

里希特單刀直入地問，艾倫聽了，轉頭面對他。

艾倫有一件想試試看的事。那是她剛才看了艾許特的調查方式想到的。

「既然他的記憶被束縛住了，我想只要消除就好了。」

「……要怎麼做？」

「媽媽說我是掌管淨化的女神。我猜，我應該能用我的方式淨化。雙女神之所以派我來這裡，一定也是預見我會這麼做……」

所有人都愣在原地。艾倫則是堅定地宣布：

「我要去接觸殘留在物質上的電子，讀取他的記憶，然後盡可能消除。」

艾倫看了艾許特的力量後，發現了一件事。

她明明也可以用自己的力量取出礦物的情報，為什麼卻一直到剛才都沒發現呢？

只要解讀礦物內的電子，或許就能讀取銘刻在上頭的紀錄——艾倫因此豁然開朗。

艾倫解放了自己的力量。

她讀取著充斥在周圍的電子，以記憶的形式重新播放。

那些東西隨即像電影一樣，投射在艾倫腦中。

＊

那是這座島嶼還有人居住的時代。在兩百年前的世界中，人們以現為遺跡的場所為中心，群居在那裡。

遺跡周圍看起來很原始，不過從接二連三被投射出來的影像，可以斷斷續續看見田地、放牧的模樣，以及坐在草蓆上製作某種東西的人們。

這些畫面就像受到磨損的膠卷一樣，好似隨時會中斷。

其中有一段就像染上了色彩那樣鮮明的畫面。那是一名青年與小鳥姿態的小精靈。兩人感情很好，在樹蔭底下開心地談話。

青年隨著太陽下山，與精靈道別。精靈顯得有些不捨。

青年揮著手，精靈也大大揮手，說著「明天見」。即使艾倫什麼都聽不見，依舊明白那是雙方如此約定的光景。

精靈力量不大，所以無法離開那棵樹。

精靈隨著樹木的成長，一點一點長大，但相反的，青年卻是一下子老化。

青年很快就面臨死亡，精靈不由得悲嘆。

艾倫的腦中投射出青年被葬在樹根旁，並建造了墓碑的光景。這大概是青年的遺言吧。

鑲在石碑上的坦桑石與精靈的眼淚一同溶解在夕陽底下。

寄宿著精靈的那棵樹隨著成長，逐漸盤根錯節，就像要守護那塊墓碑。

這時候悲劇發生了。魔物風暴。

動物們襲擊人類，四周一片血海。不止如此，封閉的島嶼有其極限，動物們最後開始自相殘殺。

動物們一一撲倒四周的樹木，並向寄宿著精靈的這棵樹張牙舞爪。

記憶在這裡「噗滋」一聲中斷。

接著投射出來的是那份被完全覆蓋的唯一念想。唯有「守護」這一個念頭，不斷反覆出現在視野當中，永無止境地延伸。

（這就是……沉睡在這棵樹裡的精靈的記憶。）

但接下來漸漸地開始聽見一些細語。那是悲傷的聲音。

再也見不到青年的悲傷聲音。因為立下守護誓言，而造成的無垠苦楚。

聽見那甚是悲傷的聲音，艾倫一陣心痛。

（要是走錯一步，這或許就是爸爸和媽媽的未來……）

即使人類和精靈能締結契約，卻終究不能相守一生，因為兩者存活的時間不同。雖說無可奈何，依舊教人悲傷。

艾倫覺得被情緒束縛的精靈的心情，和糾纏在汀巴爾王族上的同胞之聲重疊在一起。受到魔物風暴影響而扭曲的精靈。艾倫想解放這段被束縛的記憶。

鑲在石碑上的坦桑石接收到艾倫的力量，開始發出光芒。

坦桑石除了有精靈寄宿其中的傳說，還有其他能力。其中之一，就是讓潛在意識覺醒，引導出沉睡的力量。

此外還有「自我啟發」，和「神之教誨」。

艾倫解放了力量。殘留下來的電子情報就這麼一一分散，最後消失。

粒子一點一點往天上飄去，然後消失，最後變成一片雪白。

＊

從艾倫身上發出的光芒實在太過耀眼，所有人都閉上眼睛。

當那道光開始減弱，四周的模樣也跟著驟變。

為了保護石碑而圍著它的樹木開始逐一枯萎。

「……魔素……慢慢解開了。」

亞克驚訝地瞪大了眼睛。他眼前的光景，是艾倫的週遭充滿發光的粒子，並緩緩攀升到天上的模樣。

「這就是……公主的力量。」

面對艾倫身上那道神聖的光輝，所有人都被震懾。

隨著執念被淨化，四周的樹木也失去力量。

最後以艾倫為中心，釋放出一道宛如衝擊波的力量。那股力量給了里希特等人一陣壓迫。

不過穿透身體的那股力量，卻帶著些微的暖意。

那是一種溫柔的貼心，是艾倫的一小部分力量。這股神聖的女神之力充滿寬恕，讓大精靈們自然而然屈膝跪地。

光芒消失之後，艾倫看見所有人都跪在地上，不禁歪著頭。

「……哎呀？」

里希特聽見艾倫疑惑的聲音，隨即抬起頭來。

「恭喜您真正覺醒了。」

「呃……里希特哥哥？」

艾倫困惑不已，緊接著提問：

「呃……你們大家怎麼了嗎？啊，結果還順利嗎？我太專心了，可能把周圍變成一片空白了……」

見艾倫像平常一樣慌張，里希特不禁笑了。

「真不愧是我的妹妹！」

里希特不由分說就抱緊艾倫，艾倫發出痛苦的呻吟。

「唔咕！」

「下一個、換我。」

亞克也張開雙手，表示想擁抱艾倫。但比起讓他們擁抱，艾倫更想知道事情順不順利，而不斷發問。

『公主顛下，變成一片空白了喔！』

「放心吧、魔素、解開了。」

亞克對著艾倫點了點頭。表示這片土地上的扭曲魔素，已經被艾倫淨化了。

「真不愧是公主殿下！」

「哎呀～真是讓我大開眼界。我一定要跟那傢伙炫耀。」

奧絲圖在腦中想像沒能見證女兒成長的羅威爾不甘心的模樣，不懷好意地笑著。

看樣子事情進行得很順利。艾倫鬆了一口氣。

艾倫抬頭仰望已經枯萎的榕樹。這棵巨木枯萎後，褪了一層顏色，葉子也不斷散落。

再過一會兒，或許就會從根開始腐爛，然後倒下。

「樹可能會倒下來，我們快點離開這裡吧。」

所有人都點頭同意艾倫的提議。

這時候，艾倫感覺到鑲在石碑上的坦桑石似乎在一瞬之間發出光芒，她不由得望了過去。

結果正好看見石碑碎裂崩毀的景象。

「咦……」

「妳不只淨化了樹的精靈，連那顆石頭的力量也一起淨化了吧？」

鑲在石碑上的坦桑石原石彷彿認同里希特說的話，「喀」的一聲落下，滾落到艾倫的腳邊。

艾倫用雙手抱起，仔細看著這顆坦桑石。沒想到石頭的中心竟有個人形姿態、身上長著羽毛的小精靈，宛如沉睡般坐鎮其中。

這塊坦桑石比艾倫的手掌還要大，少說也有好幾公斤重。

那些羽毛就像鳥的羽毛。看起來很像童話故事會出現的人面鳥哈比。

艾倫對這身羽毛的顏色有印象。那是巨木記憶中的那隻鳥。

「呃……？」

艾倫急忙請里希特他們看看這塊石頭。結果里希特輕聲說了一句：「果然……」

「跟艾倫妳想的一樣，這個受到加工了。不過照理來說，受到加工的精靈應該會看不見身影，這個很難得耶。」

「好像有、魔素、影響。」

「哦，原來魔素淤積會有這種影響啊。」

『艾許我也要看——！』

艾許特在腳邊不斷跳躍，拚了命想看看石頭，因此艾倫蹲下，好讓艾許特容易看見。

「被關在裡面的精靈會醒來嗎？」

「不會。雖然活著，卻會永遠沉睡。因為已經被加工了嘛。」

「…………這樣啊。」

「既然這東西來到妳的腳邊，或許是希望妳帶牠走喔。」

「咦？咦咦？要帶著這個回去嗎？」

聽到里希特說的話後，艾倫發出困惑的聲音。

「沒差吧。乾脆帶回去，放在房間當裝飾啊。」

「明明是精靈，卻被當成擺飾……」

「妳在說什麼啊？我的劍也是這樣啊。」

「的確！」

艾倫笑道，覺得這或許也是一種緣分，就這麼抱著坦桑石，決定帶回去了。

「各位，辛苦了。來，我們回去吧！」

艾倫一聲令下，所有人也就離開現場。

第四十八話　新的氣息

所有人回到精靈城後，都虛脫地喊著：「累死了～～」

回來之後，艾倫移動到羅威爾和奧莉珍等著的寢室，進行報告。不過他們已經透過水鏡，知道艾倫的女神之力順利覺醒。

「我沒能在旁邊見證艾倫的成長……！」

見羅威爾嚎啕大哭，艾倫實在很傻眼。

「爸爸用水鏡看到了吧？」

「真是的～羅威爾他本來想立刻轉移到妳身邊，所以我緊緊地纏著他不放喔！」

奧莉珍笑著表示她撂倒羅威爾，顯得很開心。當艾倫問她身體好不好，她也回答已經恢復得差不多了。

「太好了！」

「對不起喔。我也不知道我怎麼會這麼不安。」

「也會有這種時候啦。」

「是這樣嗎？」

「是啊。」

畢竟有列本和庫立侖陪在身邊，應該不用擔心是疾病。艾倫在鬆了一口氣的同時，見到雙親的關係比以前更加親密，不禁會心一笑。

在那座島嶼看見的畫面，忽然在腦中復甦。要是走錯一步，她的雙親或許也會像那兩個人一樣。

奧莉珍也說過，艾倫是奇蹟般的存在。

看著感情和睦的雙親，艾倫感覺到她又更愛這個家了。

這時候，有個精靈突然轉移到寢室上空。是亞克。

「哎呀，怎麼啦？」

「……女神、魔素、交纏。」

亞克一臉嚴肅地對著奧莉珍說著。

「怎、怎麼了嗎？」

「快點。結界、快點。」

「結界……？」

亞克嚴正要求羅威爾使用結界魔法，那讓羅威爾感到不解。

「要在哪裡設結界……」

就在羅威爾要亞克給予具體的指示時，一道衝擊波傳遍了整個房間。

「咦？」

隨著「隆隆」作響的地鳴傳入耳裡，艾倫正後方的牆壁也跟著崩毀。

「咦……？」

艾倫和羅威爾愣在原地，但亞克沒有理會他們，輕聲嘟囔：

「來不及了……」

隆隆隆隆——第二波衝擊到來。見寢室逐漸遭到破壞，艾倫「哇啊啊啊啊！」地大叫，並抱著頭蹲下。

羅威爾為了保護艾倫和奧莉珍，急忙張開結界。精靈城是一陣騷動。

「魔素、交纏、我稍微解開。可是、不能太、用力。」

亞克一臉苦澀地面對奧莉珍，然後輕輕策動他的手。

接著奧莉珍的下腹發出光芒。羅威爾看了，喃喃說著：「難道……」

「懷孕了……？」

羅威爾一愣一愣地看著奧莉珍，奧莉珍則是發出一聲「哎呀」。

「哎呀哎呀～～！天哪～～！真的嗎～～！」

奧莉珍打從心底開心地歡呼。

「真的嗎？這是真的嗎！」

儘管還處在慌亂當中，羅威爾依舊抱緊奧莉珍，和她深情對望。看到他們兩人開心的模樣，艾倫也慢慢進入狀況。

她將會有弟弟或是妹妹。

「媽媽，這是真的嗎……！」

艾倫上前抱住奧莉珍，奧莉珍隨即與羅威爾把她夾在中間緊擁。

原來奧莉珍身體出狀況是因為懷孕了。

「是害喜啊～討厭啦～房間又要壞了～」

「什麼！難道這個是害喜嗎！」

艾倫細問為什麼會出現衝擊波，這才知道當新的孩子要出生之際，由於腹中的胎兒和母親的屬性不同，新生兒與母體的力量互相拉鋸，才會如此。

順帶一提，奧莉珍並不會像人類那樣，有嘔吐的症狀。羅威爾解釋，這是因為精靈本身不太進食，才沒有這種煩惱。

「這已經比懷艾倫的時候好很多嘍！因為艾倫的屬性跟我相反，我們互相排斥的很嚴重呢。」

「咦咦咦！對不起噢！」

當母女說著這些話，一旁的羅威爾渾身散發如魔鬼般的壓迫感，一一命令精靈們設下結界。

「呃……爸爸在幹嘛？」

「既然是我要生產，狀況就跟其他精靈不一樣，害喜也會很嚴重喲。所以羅威爾為了不讓精靈城半毀，正在強化結界。」

「哇啊啊啊……」

身為精靈，身為人類，艾倫還有很多不知道的事。這次她真的感觸良多。

「艾倫也要當姊姊了喲。」

家人要增加了。一聽到這句話，艾倫滿心喜悅，以滿臉的笑容做出回答。

當羅威爾和艾倫前往凡克萊福特家報告此事時，他們的臉還是不斷傻笑，然而一到了凡克萊福特家，卻立刻發現宅邸吵吵鬧鬧的。

兩人面面相覷，不過還是請人通報他們的來訪，結果飛快就跑來的拉菲莉亞一看到艾倫，開心地大叫：

「艾——倫！聽我說、妳聽我說！媽媽她懷孕了！我要有弟弟妹妹了！」

「呃……」

時機怎麼會如此剛好呢？一聽到莉莉安娜懷孕的消息，艾倫和羅威爾也驚訝地大叫。

＊

後來過了幾天，賈迪爾又來到凡克萊福特報告事業進度。

最近的索沃爾和羅威爾都很在意妻子的身體狀況，不太願離開她們身旁，每天都過得非常慌亂。

不過經過上次王族的訪問，羅威爾似乎覺得讓艾倫應對也沒問題了，所以這次也是艾倫、凡、凱，以及不知道為什麼跟來的奧絲圖一同接待。

賈迪爾那邊則是由勒貝、托魯克、佛格陪同。

「我一下子聽到好多好消息。恭喜你們。我有拿賀禮過來，希望你們收下。」

賈迪爾說完，送了許多嬰兒用的包巾。

之所以帶齊三個護衛，純粹只是為了搬運行李。艾倫察覺這點後，不禁苦笑。

「陛下的消息真是靈通。」

「據說是因為索沃爾閣下總是一臉傻笑，還坐立難安，才會發現。」

「叔叔……」

艾倫笑說她想像得出來後，賈迪爾也笑了。

之後，他們互相報告上次艾倫提議的點子的交涉狀況。

當公事大致談完，馬上就開始閒聊了。

「啊，感謝你上次告訴我那件事。」

「嗯？」

賈迪爾詢問哪件事後，艾倫表示就是那件坦桑石——也就是黝簾石的逸聞。

「啊……那件事啊。有幫上妳的忙就好。」

「多虧有你，問題馬上就解決了。」

「問題？發生什麼事了嗎？」

「這要怎麼說呢……」

艾倫於是簡單扼要地說出數百年前和精靈締結契約的青年的故事。

說完之後，賈迪爾呢喃道：

「以我的角度來看，還真是羨慕那名青年……」

「咦？」

「能和精靈締結契約的確令人羨慕，但我也羨慕他能在死後，依舊讓精靈如此想念。畢竟無論哪一件事，都是我無法奢望的……」

「賈迪爾……」

「站在精靈的角度來看，這件事就某種意義，跟我身上的詛咒是一樣的吧。被同樣的念想禁錮，這樣的痛苦我確實能夠理解……但還是忍不住羨慕。」

正因為這是他無法奢求的事，就算結果悲傷，依舊令人欽羨。

賈迪爾這句話，讓艾倫有種被戳到弱點的感覺。因為她沒想到，碰觸過詛咒記憶的賈迪爾會有這種想法。

碰觸到當時那段記憶的賈迪爾，有段時間總是前來造訪凡克萊福特家，想向艾倫道歉。

（羨慕嗎……）

被一種念想禁錮的精靈的悲傷——這點艾倫和賈迪爾有強烈的共鳴。

正因為他們立場不同、看事情的角度也不同，才能得出這樣的意見。這讓艾倫以全新的心情來想青年和精靈的故事。

青年和精靈的情誼堅深到用悲傷連結在一起。

「那個……艾倫，我想拜託妳一件事。」

「什麼？」

賈迪爾不知道為什麼忸忸怩怩的。站在背後的三名護衛們也似乎在替賈迪爾打氣。

「就是……妳剛才說，妳把藍色黝簾石拿回來當裝飾了對吧？」

「對。」

「看得見精靈沉睡其中是真的嗎！」

看賈迪爾雙眼閃閃發光，艾倫突然咻的一聲轉移消失。

「咦？奇怪？艾倫？」

「公、公主殿下！」

凡慌張的聲音空虛地響徹屋內，不過艾倫馬上就回來了。

她兩手抓著的東西，就是藍色黝簾石的原石。看來她是回精靈城拿來了。

「好大一塊……！」

托魯克見艾倫拿來的原石完全出乎他的意料，忍不住驚叫。

「居然這麼大……」

賈迪爾也愣在原地。這種大小在人界或許能算是國寶級了。

「我是可以讓你看，但這個好歹也是精靈……要是發生什麼變化，請你馬上退後喔。」

「好……我知道。那當然。」

艾倫首先出言警告，表示沒人知道這個精靈會不會對賈迪爾的詛咒有所反應，然後發生未知的事情。

艾倫將石頭放在桌子中央便遠離了。賈迪爾戰戰兢兢地靠近石頭，仔細端詳。看他那副模樣，艾倫不禁想起從前的自己。

（我看原石的時候，也是那種表情嗎？）

興奮無比，心跳不已。就是一副適合如此形容的表情。

身為最愛原石的人，光是賈迪爾對原石感興趣，就足以讓艾倫產生同伴意識，所以沒有理由拒絕他的要求。

「這個是……！」

「太棒了！」

「真沒想到……我從未看過這種石頭。」

賈迪爾等人發出讚嘆的聲音。無論是人界還是精靈界，封著沉睡精靈的原石都不是輕輕鬆鬆就能看到的東西。

「這顆藍色黝簾石真美……而且還有精靈。」

賈迪爾本想再靠近一點查看，卻在途中回過神來，看著艾倫。

「我可以再靠近一點嗎？」

「……目前應該沒關係。」

「這、這樣啊！」

賈迪爾一邊用眼神向艾倫確認，一邊緩緩靠近，那副模樣實在很有趣。

奧絲圖見狀，忍不住開口：

「小弟弟要用手摸應該也沒差吧？那塊石頭之前可是一直放在魔素淤積地的正中央耶。」

「啊……這麼說也對耶。」

「我、我可以摸這個嗎！」

賈迪爾到底能不能碰呢？會發生什麼變化嗎？

艾倫大概是進行了想像，凡一看到她的表情，只覺一陣無奈。

「公主殿下……您一副想做那什麼『實驗』，想得不得了的表情喔。」

「咦？咦？我、我才沒有那麼想喔！」

艾倫按捺不住想檢驗的心情，不禁雙手捧著自己的臉頰叫道。

「怎麼了？艾倫有什麼介意的事嗎？」

「公主殿下一旦產生好奇心，就會忍不住想嘗試……」

「嗚嗚……！凡，你也用不著現在揭穿這件事吧！」

「您這是什麼話……您當年探索城堡的時候，實在令吾等焦頭爛額……」

「凡！」

「探索城堡？噢，是探險嗎？我也很喜歡探險。新的場所總是教人興奮。」

「真、真的嗎？就是嘛！」

「對啊。所以艾倫妳不用放在心上，有什麼介意的事，希望妳能說出來。」

「……賈迪爾，你套話的手法變高明了耶。」

「但妳就是不會上鉤啊。」

「討厭～……其實我所知道的藍色黝簾石，有著跟人界不一樣的故事。」

「咦？」

「它象徵成功和幸運，是很有名的護身符，也有人說能療癒悲痛。」

「療癒悲痛……？」

「悲痛、憤怒、不安、絕望……聽說可以療癒這些情感。」

「這樣啊……」

所謂的悲傷，感覺也能解釋成依附在賈迪爾身上的詛咒。

「聽說還有……淨化的力量。」

因為艾倫這句話大吃一驚的人不只賈迪爾，在艾倫身後待命、知曉一切始末的人們也同樣吃驚。

「淨化……」

聽了艾倫的話，賈迪爾戰戰兢兢地對著原石伸出手。每個人都以緊張的面容看著他。

這時候，賈迪爾的手指輕輕碰到石頭了。那份衝擊對賈迪爾來說，似乎非常劇烈，他忍不住把手縮回來，結果卻發現什麼事都沒發生。

「……碰到了嗎？」

「好像是。」

「我……碰到了嗎……？」

賈迪爾像是要再次確認一般，又對著原石伸手，然後輕輕碰觸。

「碰到了……明明是有精靈沉睡的石頭，我卻可以碰……」

賈迪爾的聲音因感動而顫抖。

屋內被包圍在寂靜之中，賈迪爾輕輕把原石還給艾倫。但他的表情很明顯看得出有滿滿的不捨和執著。他只是用理性壓抑，逼迫自己放棄。

上次見面時，艾倫得知賈迪爾原本就很想要藍色黝簾石。聽了圍繞在這顆石頭周邊的故

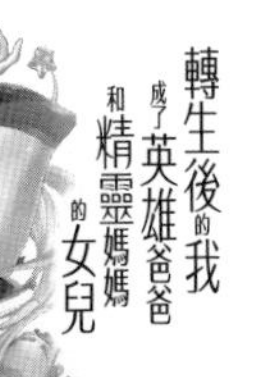

事，他甚至覺得羨慕。

而艾倫竟把石頭炫耀給這種人看，她心中不禁產生罪惡感。她應該先想到這件事才對。

（不過既然在賈迪爾手邊也沒問題，應該可以吧？）

她突然這麼想。

有權有錢的王子居然連聲「想要」都不說。不對，應該是知道自己不能說，而壓抑著吧。艾倫看他那樣，不禁苦笑。

「送給你吧。」

「……………………咦？」

賈迪爾花了好幾秒的時間理解艾倫所說的話，他再度反問：

「艾倫……？妳在說什麼？」

「你不要嗎？」

「想要，想要得不得了……！」

「這顆石頭跟我有緣分，所以才會來到我身邊。不過說起來它其實可能是想要來到你的身邊吧。」

「我、我的身邊……？」

「因為雖說受到加工沉睡，活生生的精靈還是沒有對你的詛咒產生反應。或許是這顆石頭擁有的力量導致如此，但有這麼巧的事嗎？」

所有人因為艾倫的話愣在原地，艾倫則是沒有理會他們，繼續往下說：

「這顆石頭能夠承受魔素淤積的能量，而且還帶有淨化作用，也許詛咒對它無效。這樣的偶然會在普通生活中碰上嗎？」

如果賈迪爾碰上了這種偶然，那肯定是天文數字的機率。

因此現在或許就是時候——艾倫這麼說。

「不過相對的，請你今後也要在各方面通融我一點喔。」

見艾倫說得如此俏皮，賈迪爾以泫然欲泣的臉龐笑了。

＊

在強化了結界的精靈城中，羅威爾溫柔地撫摸著奧莉珍的肚子。

當他和奧莉珍獨處時，對奧莉珍道了聲謝。

「奧莉妳給了我許多幸福。真的很謝謝妳。」

「呵呵呵，生活又會開始熱鬧了。」

「是啊。」

羅威爾陶醉在幸福之中，感覺就像和愛撒嬌的奧莉珍互換立場，換他對著奧莉珍撒嬌。

兩人嘻嘻笑著依偎，其他人似乎也覺得別去打擾，所以現場並沒有別人。

「這一胎不知道是男是女？如果是男孩子，就不是女神……是男神了嗎？」

「只有艾倫是女神喔。」

「咦？」

「要成為女神，就要有制約。艾倫在出生前已經完成了制約，所以具有女神的資質。這孩子就只是我和你的普通孩子喔。」

「不懂也沒關係喲。因為一樣會是我和你的孩子。」

「呃……我不太懂普通的意思。」

「說的……也是？」

儘管心裡沒個底，但就算奧莉珍解釋了何謂女神，羅威爾或許也無法理解。

以前奧莉珍說過，因為形同父親的世界設下的制約，她無法說出與世界有關的事。

這或許也是其中之一。

羅威爾靠在奧莉珍身上，摟著她的肩。

「呵呵呵，你以前明明離不開艾倫，最近是怎麼啦？」

「……我是擔心艾倫，但我也擔心妳。拜託別糗我。」

羅威爾沮喪地垂下肩膀，奧莉珍則是摸了摸他的頭安慰。

懷艾倫的時候，是先有害喜症狀。發燒似乎讓她一個頭兩個大。

「艾倫也努力在長大。經過這件事，你應該很清楚了吧。」

「我有對她過度保護的自知之明啦。」

羅威爾彆扭地說著，奧莉珍笑著說：「哎呀哎呀。」

「可以獨占你，我是很高興，不過會不會換艾倫嫉妒啊？」

「咦？」

「要是艾倫要你搭理她，你會怎麼樣？」

「搭理到死！」

「我想也是。」

奧莉珍嘲笑似地說著，羅威爾倒是有些開心地說：

「艾倫會嫉妒嗎？」

「…………應該會吧。」

「妳不要想那麼久啦！」

見羅威爾吐出喪氣話，奧莉珍忍不住笑了。

「親愛的，你昨天有發現嗎？艾倫悄悄來到寢室看我們。」

「呃，我是不是睡著了，所以沒有發現？」

「是啊。她很在意我的身體狀況，所以來看看我，可是看到你睡在旁邊，感覺一臉不是滋味喲。」

「呃……她有……對我做什麼惡作劇嗎？」

比如捏鼻子或是做鬼臉。羅威爾曾聽別人提起，艾倫偶爾會把這種惡作劇當成玩耍。

「她偷偷鑽進我們之間，睡了一場午覺。」

「咦！」

羅威爾驚愕地突然起身，一臉不敢置信。

最近艾倫變得較成熟，幾乎不會撒嬌了。沒想到會在這種時候撒嬌……

「為什麼我在睡覺啊——！」

羅威爾發出大叫，整個人意志消沉，看得奧莉珍咧嘴大笑。

「等艾倫回來，今天三個人一起睡吧。」

奧莉珍如此提議後，和羅威爾一同微笑。

尾聲

自從得知奧莉珍懷孕後，艾倫常在羅威爾缺席的情況下，和凡一起往來凡克萊福特。

不管精靈城還是凡克萊福特，都籠罩在強烈的祝賀氛圍之中。尤其當伊莎貝拉接獲羅威爾和奧莉珍的懷孕消息時，發出的那聲大叫實在令人印象深刻。

「幹得好哇～～！」

畢竟無論是艾倫出生的時候，還是拉菲莉亞出生的時候，伊莎貝拉都沒有抱過嬰兒時期的她們。一想到夢想可以成真，不禁喜上眉梢。

如今凡克萊福特的氣氛已經變得柔和許多。最重要的是，拉菲莉亞總是笑口常開，讓艾倫很是開心。

「她變開朗了耶。」

艾倫如此感嘆，而奧絲圖則是站在她的身後看著拉菲莉亞。艾倫見狀，只能苦笑。

「妳要是這麼在意拉菲莉亞，去跟她見一面不就好了？」

「公主妳有時候很壞心眼耶。」

「才沒有這種事……我覺得拉菲莉亞能變得這麼開朗，都是多虧有妳。」

「我？」

「對。那時候妳不是鼓勵她了嗎？在那之後拉菲莉亞的表情就沒有那麼想不開了。」

「……這樣啊。」

兩人若有所思地看著拉菲莉亞，她正擔心著莉莉安娜的身體狀況。聽說她最近會在伊莎貝拉的指導下，跟莉莉安娜一起製作嬰兒用的小物品。

她的表情看起來非常充實，而且容光煥發。

奧絲圖看著艾倫微笑守望的視線，不禁苦笑。

「公主妳好像有點威嚴了。」

「咦？」

「恭喜妳的女神之力覺醒了。」

「咦？噢，謝謝妳。」

「對了，那塊石頭送給小伙子真的好嗎？」

「是啊。喜事就是要跟身旁的人分享呀。」

「哦～人類的所作所為還真讓人想不通。」

「呵呵呵。」

其實艾倫也可以選擇將那塊石頭賣給賈迪爾，但她就是興不起那份心思。

雖然艾倫學會窺探記憶，卻不代表聽得見石頭的聲音，不過她確實覺得石頭想待在賈迪

爾身邊。

「其實我也可以賣給他，但如果要買賣，憑王都的國庫恐怕難以購得那塊石頭。」

「國庫是什麼？」

「就是國家持有的錢。從石頭的大小和稀有度來看，我是可以強搶他們的錢財，可是無法保證他們不會因此向人民施壓。」

雖說是王子，卻幾乎可說沒有能夠自由支配的錢財。更別提那個陛下的為人了，錢包的束帶想必綁得很緊。

就是因為這樣，賈迪爾才沒有說他想要石頭吧。

汀巴爾國在十幾年前也發生過魔物風暴，國家才剛面臨衰敗。就算現在好不容易逐漸恢復，也沒有餘力買那種多餘的東西吧。

「…………」

「怎麼了嗎？」

「公主想要替他淨化嗎？」

艾倫瞬間聽懂奧絲圖想說些什麼，只是苦笑。

「如果可以，我也想幫他……我是想這麼說啦，不過王室的詛咒不是我可以干涉的事情。那顆石頭是我隱約覺得石頭本身想那麼做，才會交給他。」

「哦？」

「關於這件事，我跟媽媽談過了，也有說出我的想法。不過我自認理解自己的立場。」

「公主……」

「我在那座島觸碰了被禁錮在悲傷之中的精靈的心意，我的感受也確實和賈迪爾有所共鳴……不過真要說的話，我是屬於經過計算，再做選擇的人。」

「計算？」

「要是放著那座島嶼不管，難保不會因為扭曲的魔素引發新的魔物風暴。我本來就是為了解決問題，才會在場。因為有淨化的必要，我才會實行。就算我流於感情，也自認是這麼選擇的。」

「……這樣啊。好吧，聽妳這麼說，我就放心了。」

「是啊。」

「女神的職責會如影隨形啊……真是辛苦。」

「所以往後要仰仗妳了。」

「原來如此。看來我們也很辛苦。」

奧絲圖說完，笑著離開了。

艾倫後來留在現場好一陣子。在能一望凡克萊福特家的宅邸的山丘上，她漫不經心地眺望著宅邸。

當夕陽西下，獸化的凡出聲呼喚艾倫。

「公主殿下，氣溫開始轉涼了。我們回去吧。」

凡的白色皮毛在夕陽的映照下，染上色彩。看來在艾倫發呆的時候，時間匆匆流逝。

「也好。」

艾倫望著日落景色，想起那顆和這片天空有著同樣色彩，並以其為名的坦桑石。

她希望那顆滿載精靈心願的石頭，能與那份回憶連接在一起。

艾倫背對著逐漸昏暗的世界，道出告別的話語，就這麼返回精靈城。

後記

非常感謝大家購買第六集。這次我寫得非常開心！

我將觀點翻轉了一百八十度，寫下這篇以精靈為主的故事。我也以全新的心情在書寫，覺得非常新鮮。

這是在網路連載時，沒能嘗試的作法，所以有幸寫下這篇故事，我真的很高興。也非常感激。

承續上一集，這次也購買了本作的人們、在網路上替我加油的各位。

給了我諸多照顧的責編K大人、M大人、校對大人、封面設計大人，以及業務I大人。

在百忙之中替我繪製插圖的keepout大人。

負責漫畫化的大堀ユタカ大人，還有SQUARE ENIX的責編W大人。

支持、鼓勵著我的朋友、哥哥姊姊們、親戚們。平時謝謝你們了！

我打從心底希望我們下一集還能再相見。謝謝大家！

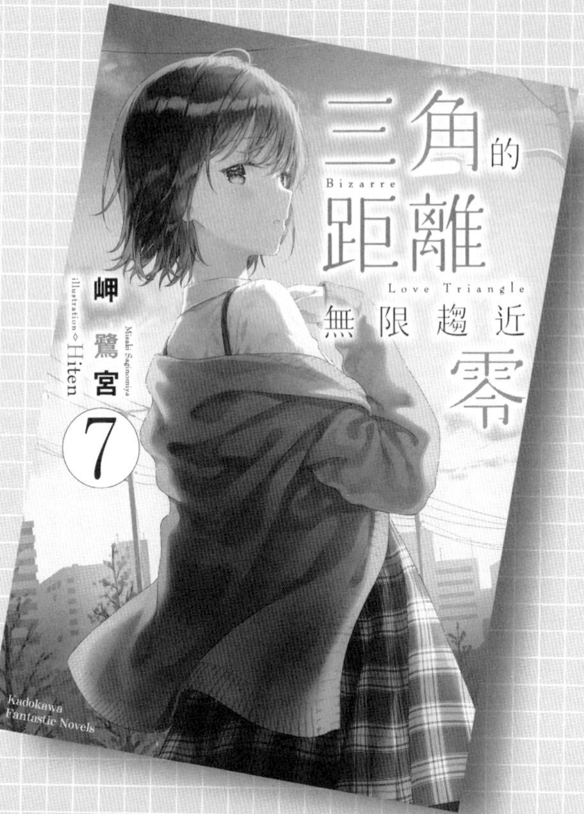

三角的距離無限趨近零 1~7 待續

Kadokawa Fantastic Novels

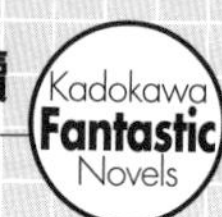

作者：岬鷺宮　插畫：Hiten

我愛上的那個女孩體內住著兩個靈魂——
與雙重人格少女譜出的三角戀愛故事。

在跟秋玻與春珂談戀愛的過程中，我變得搞不懂「自己」了。春假期間，她們在旁邊支持我，陪我一起找尋自我。而人格對調時間逐漸縮短的她們同樣到了該面對自己的時候。跟雙重人格少女共度的一年結束，我得知走向終點的「她們」最後的心願——

各 **NT$200~220/HK$67~73**

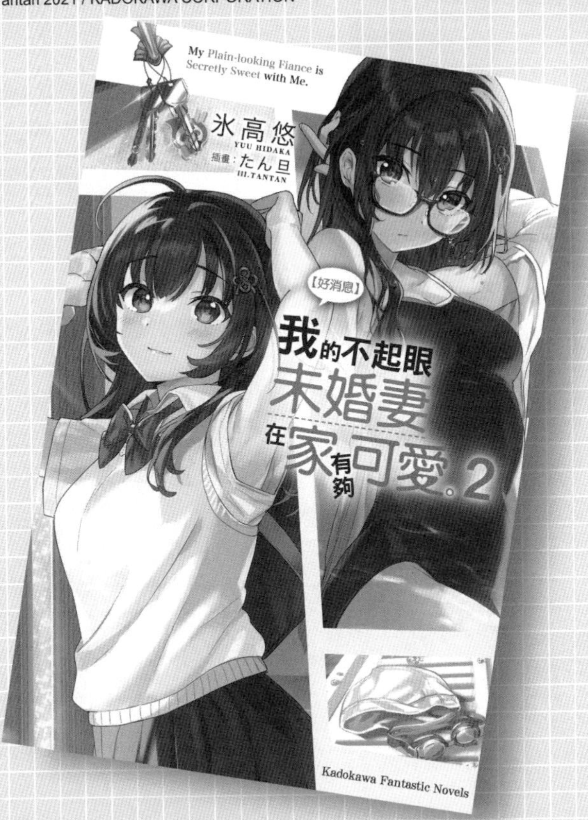

【好消息】我的不起眼未婚妻在家有夠可愛。 1~2 待續

作者：氷高悠　插畫：たん旦

我與結花陷入了祕密即將穿幫的危機！
可愛又讓人心暖暖的戀愛喜劇第二集。

我與未婚妻結花一起度過的日子比想像中開心！時而在游泳池看她穿泳裝的模樣看得出神，時而來一場變裝約會，到了七夕更是兩人一起許下願望。然而，班上的二原同學令人意想不到地急速接近？我與結花的祕密即將穿幫！結花大膽的行為也愈演愈烈！

各 **NT$200~230/HK$67~77**

賢者大叔的異世界生活日記 1~12 待續

Kadokawa Fantastic Novels

作者：寿 安清　插畫：ジョンディー

歌德蘿莉小邪神隆重登場♪
她要展開反攻，向四神報仇雪恨!!

在傑羅斯成功地向姊姊莎蘭娜報仇後，有個全裸少女出現在他面前，其真實身分是復活的小邪神「阿爾菲雅．梅加斯」，為了奪回這個世界，她的反攻終於要開始了!!對誘人的歌德蘿莉服非常滿意的小邪神，心裡藏著巨大的野心，就此展開行動!!

各 **NT$220~240/HK$73~80**

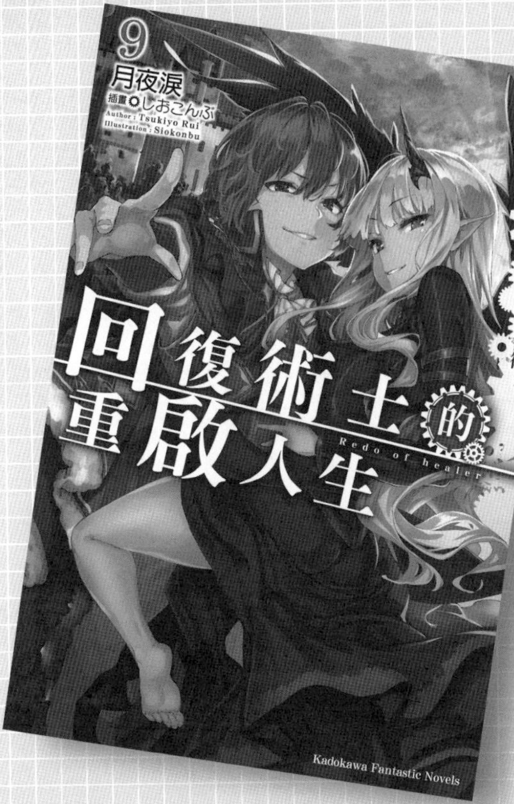

回復術士的重啟人生 1~9 待續

作者：月夜涙　插畫：しおこんぶ

創造新的國家！回復術士的統治
以及世界重組即將開始！

凱亞爾討伐了因緣的宿敵，成為新生吉歐拉爾王國的國王。他以國王的身分前往世界會議，然而在那裡的卻是串通好反對吉歐拉爾、專橫跋扈的一群妖魔鬼怪。在這四面楚歌的狀況之中，出現了意外的援軍——？

各 NT$200~230/HK$67~75

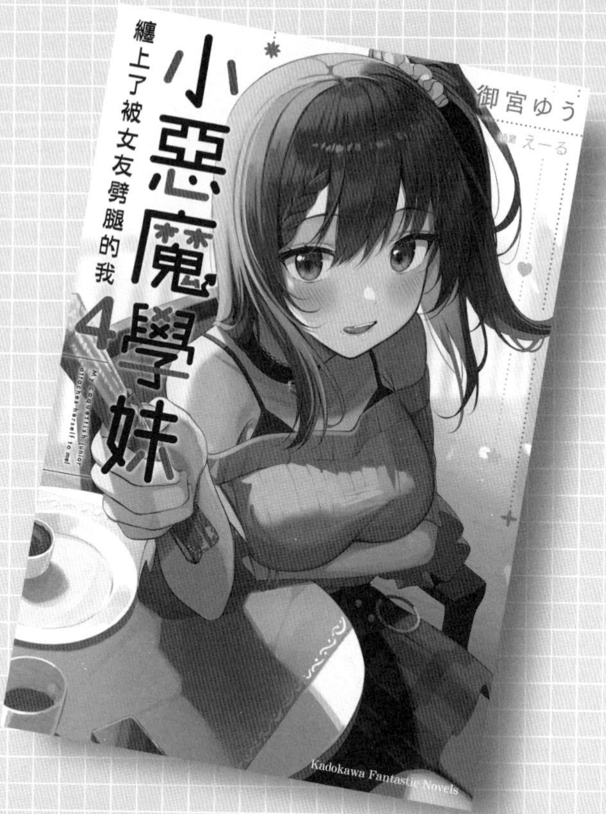

小惡魔學妹纏上了被女友劈腿的我 1~4 待續

作者：御宮ゆう　插畫：えーる

Kadokawa Fantastic Novels

與學妹真由展開期間限定的「體驗交往」!?
搖擺於愛情與友情之間，有些成熟的戀愛喜劇第四集！

解開劈腿那件事所帶來的芥蒂，我跟前女友禮奈都踏出了新的一步，但也並非重修舊好，只是成為互相理解並能談心的好對象。這時，總是泡在我家的學妹真由與我的關係也逐漸改變，我們展開期間限定的「體驗交往」，開啟情侶模式的她將我耍得團團轉……

各 NT$220~240/HK$73~80

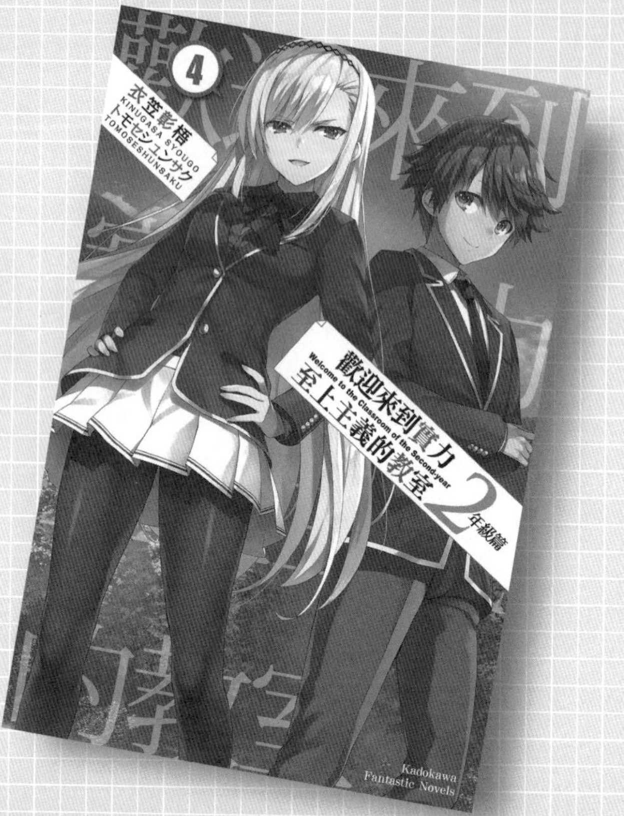

歡迎來到實力至上主義的教室 二年級篇 1~4 待續

作者：衣笠彰梧　插畫：トモセシュンサク

「考慮到在我眼前的是高二的小朋友，
我承認。你無庸置疑就是最高傑作。」

為期兩星期的野外求生考試也到了後半場。一年級生、二年級生、三年級生，以及月城代理理事長——各路人馬的意志交錯在四季如夏的無人島。全學年、全體學生、全面開戰的無人島野外求生考試，終於就要分出結果！

各 **NT$240/HK$80**

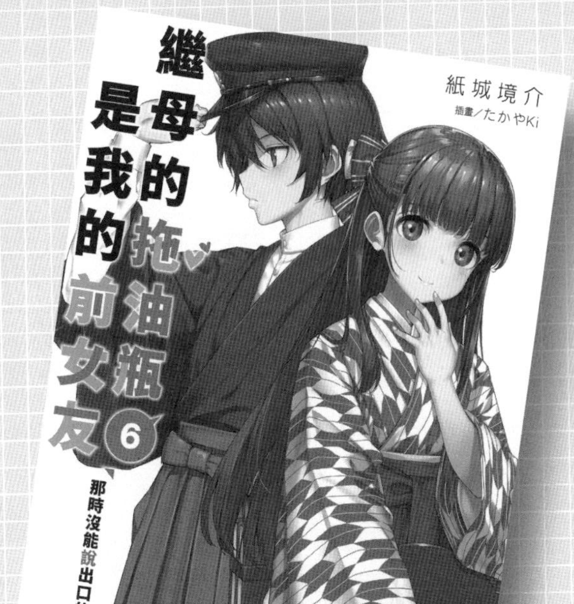

繼母的拖油瓶是我的前女友 1~6 待續

作者：紙城境介　插畫：たかやKi

「我問妳。『喜歡』究竟是什麼？」
前情侶面對彼此情感的文化祭篇！

時值初秋，水斗與結女同時被選為校慶文化祭的執行委員……隨著兩人獨處的時間變長，水斗試著確認夏日祭典那個吻的意義，結女則想讓水斗察覺到她的感情。兩人一邊互相刺探，一邊迎接校慶日的到來——

各 **NT$220~250/HK$73~83**

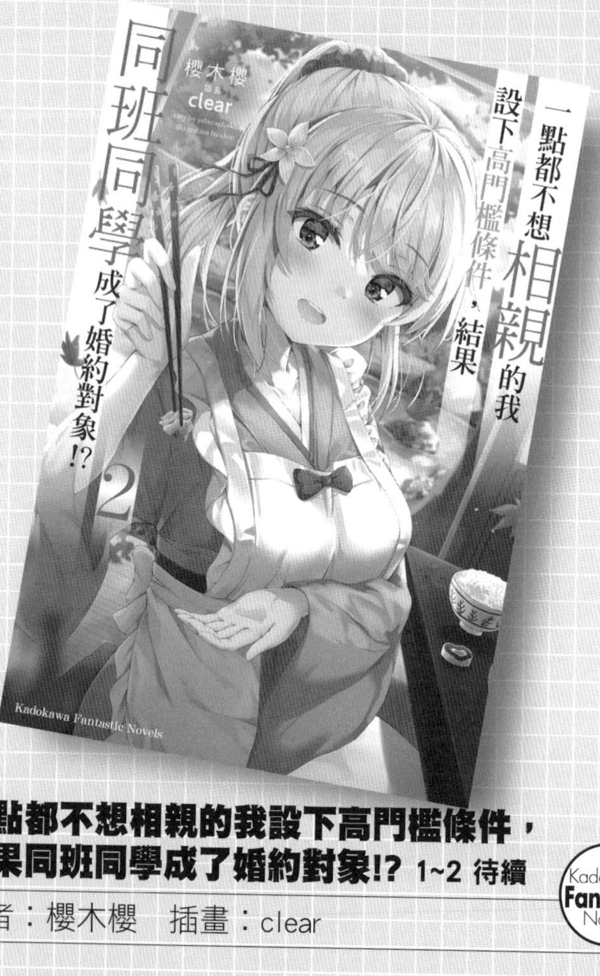

一點都不想相親的我設下高門檻條件，結果同班同學成了婚約對象!? 1~2 待續

作者：櫻木櫻　插畫：clear

「我們可以睡在同一間房裡嗎……？」
始於假婚約，令人心癢難耐的甜蜜戀愛喜劇，第二幕。

不斷累積甜蜜時光的過程中，心也越來越貼近彼此。當由弦和愛理沙一如往常地待在由弦家時，卻突然因為打雷而停電。憶起兒時心裡陰影的愛理沙半強迫性地決定留宿在由弦家，於是由弦準備讓兩人能分別睡在不同房間。不安的愛理沙卻開口拜託他──

各 **NT$250/HK$83**

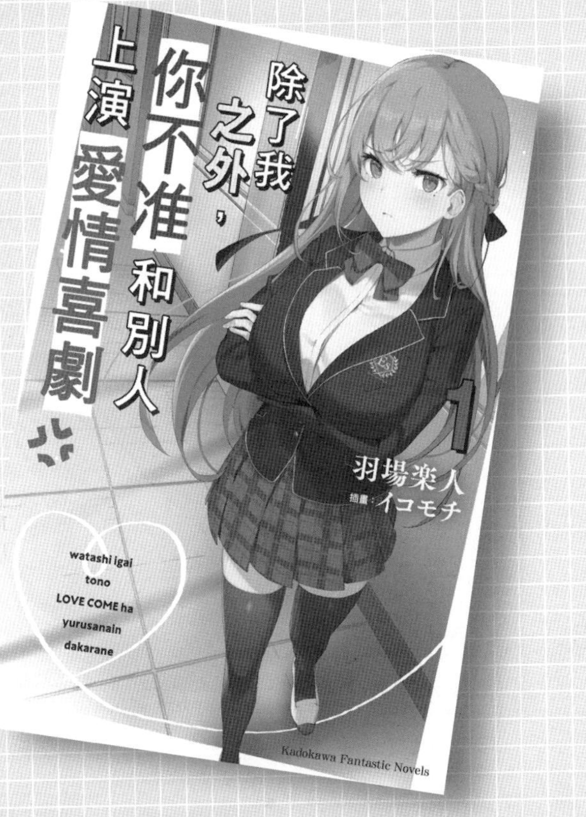

除了我之外，你不准和別人上演愛情喜劇 1 待續

作者：羽場楽人　插畫：イコモチ

戀愛不公開真的OK嗎!?
從情人關係開始的愛情喜劇衝擊性登場!!

不懼對方冷淡的態度持續追求一年後，我終於博得心上人的青睞。她性格好強，戀愛防禦力居然是零，我想曬恩愛的欲求達到了極限！可是，她卻禁止我在眾人面前跟她卿卿我我？而且私底下兩情相悅的我倆，卻出現了情敵……？

NT$200/HK$67

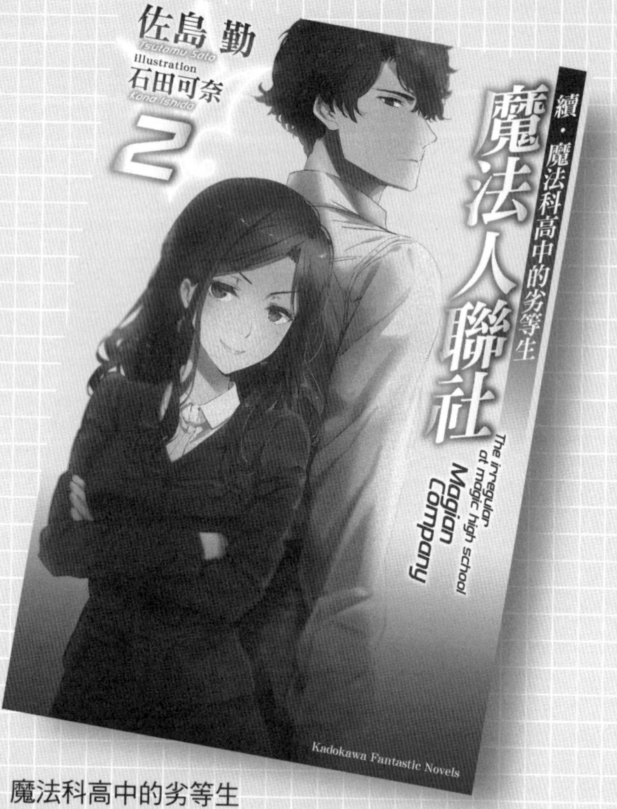

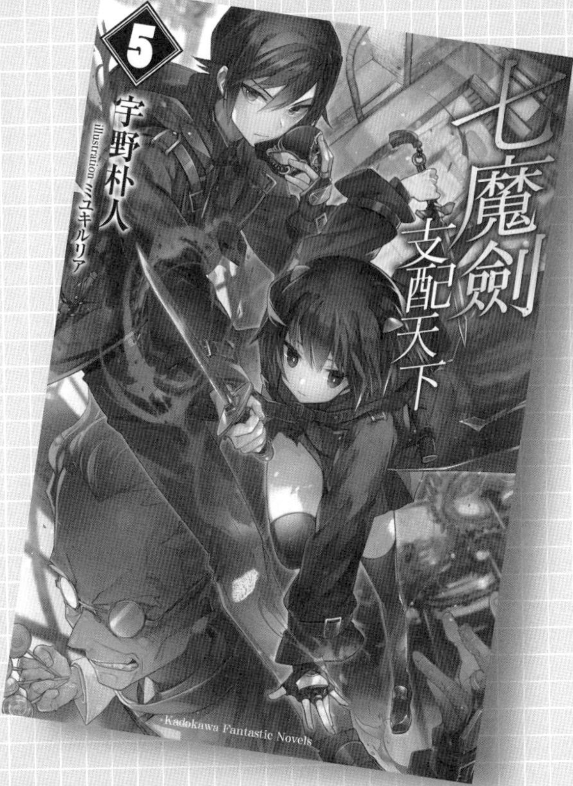

七魔劍支配天下 1~5 待續

Kadokawa Fantastic Novels

作者：宇野朴人　插畫：ミユキルリア

最強魔法與劍術的戰鬥幻想故事第五集登場！
2020年《這本輕小說真厲害》文庫本部門第一名！

奧利佛和奈奈緒追著被帶進迷宮的皮特來到恩里科的研究所。他們在那裡目睹可怕的魔道深淵，並隱約窺見了魔法師和「異端」漫長的抗爭。另一方面，奧利佛與同志們選定恩里科為下一個復仇對象，他的第二次復仇究竟將迎來什麼樣的結局——

各 **NT$200~290/HK$67~97**

國家圖書館出版品預行編目資料

轉生後的我成了英雄爸爸和精靈媽媽的女兒/松浦作；楊采儒譯. -- 初版. -- 臺北市：臺灣角川股份有限公司, 2022.01-

冊；　公分. -- (Kadokawa fantastic novels)

譯自：　父は英雄、母は精霊、娘の私は転生者。

ISBN 978-626-321-114-8(第5冊：平裝). --

ISBN 978-626-321-524-5(第6冊：平裝). --

ISBN 978-626-321-525-2(第7冊：平裝)

861.57　　110019017

Kadokawa
Fantastic
Novels

轉生後的我成了英雄爸爸和精靈媽媽的女兒 6

（原著名：父は英雄、母は精霊、娘の私は転生者。6）

2022年6月27日　初版第1刷發行

作　者：松浦
插　畫：keepout
譯　者：楊采儒

發 行 人：岩崎剛人
總 編 輯：蔡佩芬
編　輯：黎夢萍
美術設計：宋芳茹
印　務：李明修（主任）、張加恩（主任）、張凱棋

發 行 所：台灣角川股份有限公司
地　址：104台北市中山區松江路223號3樓
電　話：（02）2515-3000
傳　真：（02）2515-0033
網　址：www.kadokawa.com.tw
劃撥帳戶：台灣角川股份有限公司
劃撥帳號：19487412
法律顧問：有澤法律事務所
製　版：尚騰印刷事業有限公司
ISBN：978-626-321-524-5